ワタシゴト

14歳のひろしま

中澤晶子

ささめやゆき　え

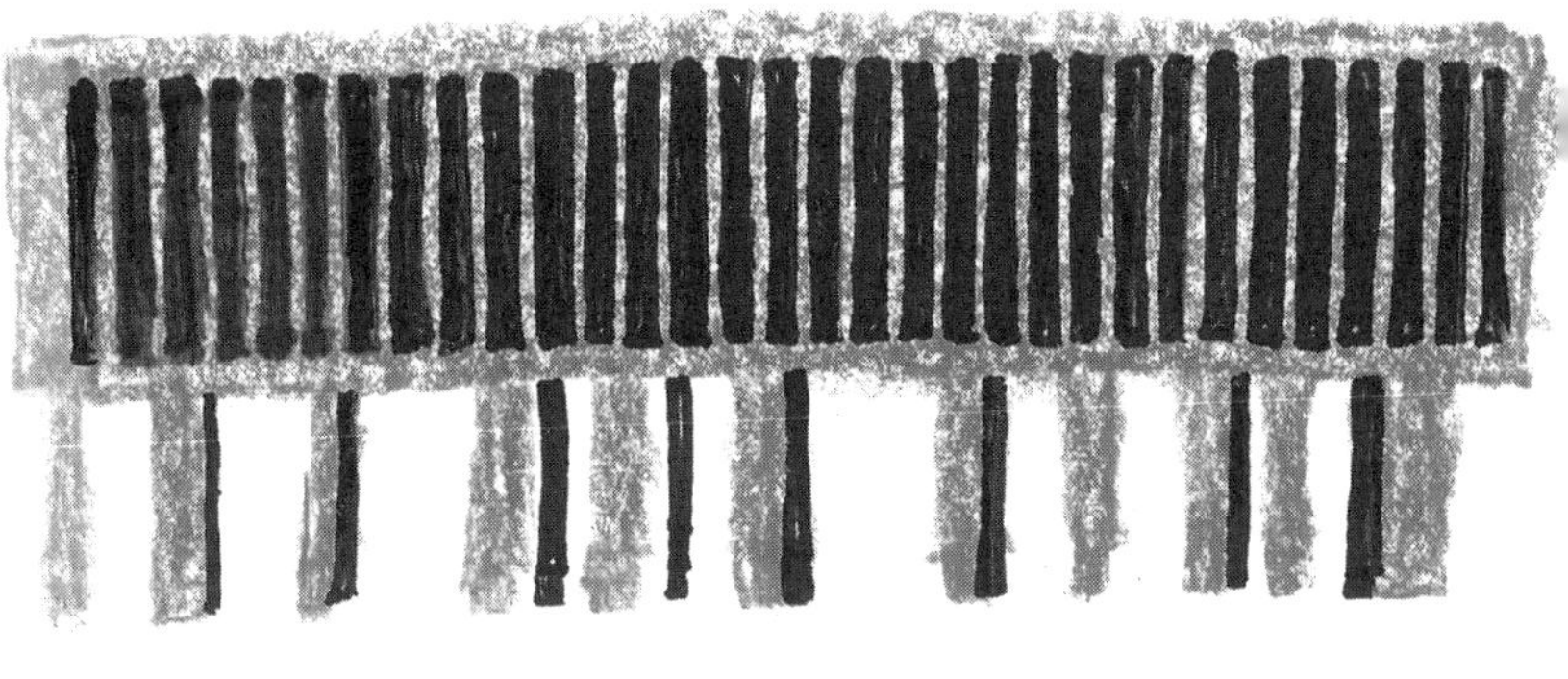

汐文社

目次

一九八五～二〇一九年までに、広島の原爆《げんばく》資料館（広島平和記念資料館）を見学した修学旅行生は、およそ一三五二万人。

弁当箱

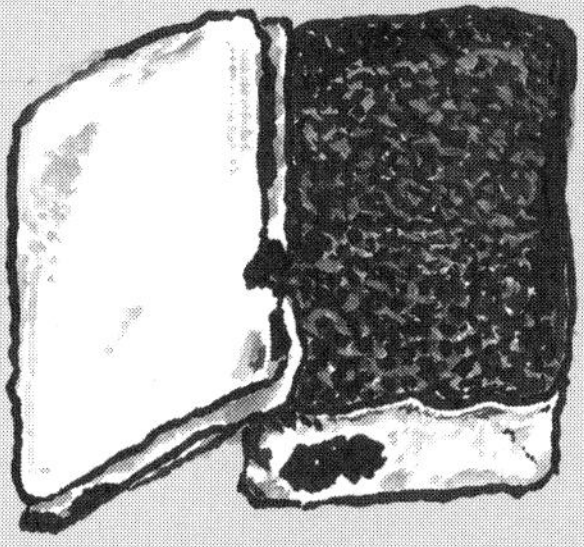

あんな女、と俊介《しゅんすけ》は思った。

思うだけで、胃の奥《おく》がかっとなる。「いやなことをわざわざ思い出して、繰《く》り返し腹を立てるなんて、時間の無駄《むだ》づかい」と言うやつもいるけれど。たしかに、おれは、何度も思い出して、どんどん腹を立てている。あいつのせいだ、何もかも。と思っていたら、発車の電子音が鳴った。

行きたくもない修学旅行。中学三年にもなって、みんなで旅行して何がうれしい？ 俊介は、だれからも話しかけられないよう、座席についたとたん、寝《ね》たふりを決める。

「あんな女」は、俊介の母親。父親は、愛想《あいそ》をつかして出ていき、ひとり息子の俊介は、母親のもとに残った。というより、取り残された。

親父《おやじ》が黙《だま》って出ていったことは、もちろん許せない。けれども俊介は、それもありだな、と思っている。あったりまえだ、あんな女、だれも一緒《いっしょ》にいたくない。自分勝手で、意地悪だ。

俊介《しゅんすけ》の母親は、やせて背が高い。くぼんだ目ととがった鼻、そばかすの浮《う》いた顔のまんなかに、毒のある言葉があふれ出る、大きな口があった。いつか「おまえの母さん、魔女《まじょ》っぽいな」と言ったやつを、俊介は張《は》り倒《たお》したが、そうだ、とも思っている。

三日前の朝、「あんな女」は、珍《めずら》しく俊介に弁当を作った。起きてきた俊介に向かって、花柄《がら》の派手なパジャマ姿で、「ほれ、弁当」と、食卓《しょくたく》の上の弁当箱を細いあごでしゃくってみせた。

俊介は、起きたばかりのぼんやりした頭で、返すことばを探した。母親は俊介を見ずにあくびしながら、低い声で言った。

「たまには、おはよう、とか、ありがとう、とか言ってみたら？　あいかわらず、いやな子だね」

たまには？　いやな子？　どっちが？　言葉は出なかったが、まぶたの裏に黒い塊《かたまり》が浮かんだ。その瞬間《しゅんかん》、俊介の手が出た。

気がつくと、母親の姿は消えていて、しみだらけの床《ゆか》の上に、中身の半分飛び出た古くさいアルミニウムの弁当箱がころがっていた。おれがきらいな、ジャガイモとピーマンの千切り炒《いた》め。それだけが目に飛び込《こ》んだ。

くっそ、いやがらせかよ。黒い塊《かたまり》は、さらに膨《ふく》らんだ。

夕方遅《おそ》く俊介《しゅんすけ》が家に戻《もど》ると、母親はいなかった。二駅向こうの飲み屋街で、夜だけの餃子屋《ぎょうざや》をやっているから、いなくて当然。小さな店の水餃子《すいぎょうざ》は、小松菜と豚肉《ぶたにく》だけの中身なのに、ぼってりした手作りの皮がなぜかうまいと評判で、いつも常連客で賑《にぎ》わっている、ということだ。店が狭《せま》いから、いっぱいになるだけ、と俊介は思っていたが、どんな餃子か、少しだけ気にはなった。食べさせてもらったことは、一度もなかった。

暗い部屋に入る気分は、暗い。いつまでたっても、慣れることはない。俊介は手探りでスイッチにふれると、台所の明かりをつけた。かすかに、ピーマンの匂《にお》い。俊介は、けさ、テーブルからたたき落とした弁当のことを思い出す。

床《ゆか》の上、まっ黒なもの。

「わあ」、思わず声が出た。黒いものは、アリだった。古い台所の、がたがたの戸の隙《すき》間《ま》から入ってきたアリの大群が、ひっくり返った弁当にたかっている。

あいつ、そのままにしやがった。

母親への怒《いか》りが、食道を熱くする。まっ黒な弁当、忘れねえからな。俊介《しゅんすけ》は声に出した。

「くそ！」

朝の五時起き、眠《ねむ》いに決まってる。けれども、新幹線のなかは、いつもの教室より十倍うるさかった。車両は貸し切りだったし、みんなで旅行するのは初めてだから、ハイテンション、絶好調のやつばかり。

「おお、富士山だ」「すっげー」。富士山ぐらいで、騒《さわ》ぐな。眠れやしない。おまけに班行動とやらで、おれに命令するやつもいる。

「俊介《しゅんすけ》君、お弁当、取りに行って。間違《まちが》いなく六個」

うるせえな、おれは眠《ねむ》い。弁当弁当って、きいただけで腹が立つ。おまけに、そう言う班長が凜子《りんこ》だから、もっと腹が立つ。


あれは、ひと月前のことだった。

「凜子ちゃんのお弁当、美的っていうか、なんだかおしゃれよね」「そりゃ、お母さんが料理教室の先生だもん」

昼どきの教室は、緩《ゆる》んだ空気と食べ物の匂《にお》いのなかで、おしゃべりと甲高《かんだか》い笑い声が渦《うず》を巻く。弁当の時間は、家の事情が透《す》けて見える。俊介は、この時間がきらいだった。

仲良しグループごとに集まって、くすくす笑いながら弁当の中身を比べる女子たちのそれは、手のこんだものが多い。すまして食ってるやつの弁当箱は、高そうな木の曲げもの。弁当箱を包む布も和風。親の趣味《しゅみ》だ。

凜子の弁当は、クラスいち、と言われていた。のぞく気はないが、横を通れば見える。

たしかに、と俊介《しゅんすけ》は思った。何種類ものおかずが彩《いろど》りよく整然と並んで、まるでイラストのよう。毎日でもSNSに投稿《とうこう》したい弁当だった。弁当箱も、それを包む布も、中身によって変えている。カラーコーディネート、おどろきの弁当。それを凜子《りんこ》のママは毎日、家で撮影《さつえい》してほんとにSNSにアップするらしい。

「ママ、ありがとう、って言ってる笑顔の凜子も一緒《いっしょ》にアップだって」。凜子のお仲間が、しんから感心したように言った。

凜子を取り巻いて、同じような弁当女子が、手のこんだ弁当を開く。そのなかのひとりが、ふいっと立ち上がって何かを取りに行き、俊介のわきを通った。

「いっつも、パン。お気の毒」。きこえるかきこえないかの声だった。俊介ののどにカレーパンが詰《つ》まった。怒《いか》りはカレーの味がした。

「もういっぺん言ってみろ」

「おお、こわい」

女子は首をすくめる。

「やめなさいよ、大きな声、出すの」

ゆっくり立ち上がったのは、凜子《りんこ》だった。

「あんた、なんでわざわざ言うのよ」

凜子は、おろかな弁当女子に鋭《するど》い視線を浴びせると、俊介《しゅんすけ》に向き直った。

「ほんとうのことだから、しかたない。作ってもらえないのは、お気の毒さまだけど」

凜子は、ふふ、と笑うとくるりと向きを変えた。ポニーテイルが、しゅっと輪を描《えが》く。

よくも言ったな。俊介はのどの塊《かたまり》をぐっと飲み込《こ》むと、パンの残りを床《ゆか》に投げつけた。

教室を出る俊介の背中に、弁当女子の笑いがはじけた。


修学旅行に行きたくない理由のひとつに、凜子と同じ班で行動する、というのがあった。しかも凜子は班長、それだけで十分だ。

新幹線は目的地に近づいた。弁当も食ったし、眠《ねむ》たくてたまらない。動きたくない。

俊介《しゅんすけ》は、パーカーを頭からかぶって、ざわつきはじめたまわりを遮断《しゃだん》する。

「いいか、何度でも言うぞ。着いたらすぐに公園に向かって、そこで班ごとに証言者のお話をきく。お話をしてくださる方に、くれぐれも失礼のないように。そのあと、資料館を見学する」

車両のまんなかあたりで、黒田先生が大声でしゃべっている。先生はそこまで言うと、眼鏡の奥《おく》のでかい目をぎろりと光らせ、俊介を見た。

「はーい、先生！　失礼がないようにって、どういうことなんですかあ」

お調子者の高木が、からだをくねらせて言った。

「ひとの話は、きちんときけ、ということだ。くねくねせずに」

黒田先生のことばに、みんなどっと笑った。

「本来ならば、忘れてしまいたい出来事を、みんなのために話してくださる。だから、失礼のないようにきけってことだ」

無理に話してくれなくてもいい、と俊介は思う。事前学習のプリントにも、そういう話が載《の》っていた。読まなかったけれど、いちおう知ってる。班長の凜子《りんこ》も同じようなことを言っていた。おれには関係ない。お前にだって関係ないくせに、あります、って顔で。おれは、七十五年も前の、爆弾《ばくだん》が落ちたときの話なんて、ききたくない。

俊介《しゅんすけ》は、パーカーをさらに深くかぶった。パーカーは、かすかに母親の香水の匂《にお》いがした。

「ほら、あそこよ。やっと本物が見られる」

なんだ、あいつ、やたらはしゃいで。凜子の声が先の方できこえたとき、場違《ばちが》い、と俊介は思って、ますます不愉快《ふゆかい》になった。

七十五年前から続く、耐《た》えがたい時間が、ここには詰《つ》まっている。公園の正面にある資料館は、そんなところだった。

ほかの展示物は、ざっと見ただけで、凜子は班のメンバーを置き去りにしながら、ほとんど一直線に「そこ」を目指して進んでいた。

資料館に入る前、黒田先生が「きちんときけ」と言った、生き残ったひととの証言も、俊介《しゅんすけ》には苦痛でしかなかった。

よく晴れた日だったので、公園は木陰《こかげ》でも暑かった。しかも、立ったまま。寝不足《ねぶそく》だったから、よけいにつらかった。

俊介の班に証言をしてくれたのは、小柄《こがら》で背中が少し曲がった老婦人だった。きけって言われたって、ほとんどきこえない。

「その晩遅《おそ》く帰ってきた息子は、焼けていました」というところだけが、かすかにきこえた。声はか細く、方言のイントネーションだけが耳に残った。俊介はわざとみんなの後ろにいたから、ますますききとれない。要するに俊介にとって、老婦人の話は何がなんだかわからないまま、証言をきく時間は終わった。

そこに残ったやたら重苦しい空気だけが俊介にも伝わり、名づけようのない腹立たしさが、腹の底にどろどろとたまる気がした。

近くのゴミ箱をあさっていた大きなカラスが、クワアと鳴いて、クスノキの枝に飛び移る。凜子《りんこ》たち女子四人は、ティッシュで鼻をふいたあと、杖《つえ》を手に帰ろうとする老婦人を追いかけ、かわるがわる握手《あくしゅ》を始めた。

クワクワアア。風に揺《ゆ》れる枝で、カラスが、また鳴いた。

薄暗《うすぐら》い資料館のなかは、同じような中学生であふれ、自分の班がどこにいるのかも、俊介《しゅんすけ》にはよくわからなかった。館内も班の単位で動く。ともかく、面倒《めんどう》だった。

俊介は凜子を無視《むし》して、資料館の暗い通路を、のろのろと進んだ。とは言っても、展示物をゆっくり見る気にはなれなかった。どれもこれも、おぞましい。写真も、当時の様子が描《えが》かれた絵も、ぼろぼろになった中学生の制服も、見たくはなかった。ほかのやつだって、ほんとは……知れたものじゃない。なのに、みんな、神妙《しんみょう》な顔して暗い通路をひたすら進む。出口はまだか。

入るときに、「ここから先は、行きたくありません」と、青い顔で言い張った隣《となり》のクラスの女子はえらい。おれもそうすればよかった、と俊介《しゅんすけ》は思う。でも、そうしたなら、きっとだれかが言うに決まってる、「いくじなし」。

いくじがあるとかないとかの問題かよ、見たくないいんだよ、ただそれだけ。

俊介は、腹を立てていた。見たくもないものを無理やり見せるこの旅行に。班長づらした凜子《りんこ》に、正義の味方みたいな黒田先生に、クラスの連中にも、そしてだれより母親に。


けさ早く、俊介が家を出たとき、母親はもちろん寝《ね》ていたし、あらかじめ学校に集められ、泊《と》まるホテルに送られた荷物の中身にも、まったくと言っていいほど無関心だった。

押《お》し入《い》れから引っ張り出した古臭《ふるくさ》いスポーツバッグを、「ほれ」と投げてよこしただけ。ふつうの親なら、着替《きが》えとか小遣《こづか》いとか、気にするだろ。

「行かせてもらえるだけで、ありがたいと思ったら？　いくら払《はら》うか、わかってんの」。

俊介《しゅんすけ》は、あのときの母親の顔を思い出すだけで、こめかみの血管が膨《ふく》らむ気がする。

腹を立てながらも、前に進むしかなかった。ここを出るためには、ともかく前へ。混みあった通路を、押《お》しあいながら、少しずつでも歩くしかない。

下を向いていたって、視野に入るものは入る。けれども、おれは何も感じない、と俊介は自分に言いきかせていた。

「それ」は、資料館のまんなかあたりに置かれていた。凛子《りんこ》を先頭に、班のメンバーがガラスケースを取り囲む。遅《おく》れてきた俊介も、なぜか引きつけられる気がして、ケースに近づいた。

「見て、ほんとうに中身がまっ黒よ」「下の方に穴があいてる」「中身は……」

俊介の耳から、女子たちの声がだんだん遠ざかる。俊介は背が高い。メンバーの頭ごしにも、らくにケースのなかをのぞくことができる。

まっ黒。

俊介《しゅんすけ》は、口のなかの水分が一気に乾《かわ》いていくのを感じる。

「わあ、焼けて骨になった中学生のからだの下にあったんだって、これが」

だれかが、悲鳴のような声を上げる。

「この子、お弁当箱、抱《かか》えていたのよ。三日後に、お母さんが見つけたんだって……」

凛子《りんこ》の声。少し震《ふる》えて、語尾《ごび》が消える。

俊介の目に、台所の床《ゆか》でアリが群れ、まっ黒になってころがっていた、あの日の弁当がふいに浮《う》かぶ。

ケースのなかにあるのは、七十五年前の、正真正銘《しょうしんしょうめい》のまっ黒な弁当。

「食べてもらえなかったお弁当よね」

またまだれかが、かすれた声で言った。

「俊介君、集合場所はそっちじゃない。みんな、待ってるのよ。勝手なこと、しないで」

資料館を見たら、引き続き班ごとにまとまって行動すること。凜子《りんこ》のとがった声が、俊介《しゅんすけ》を追いかけてくる。風は、潮《しお》を含《ふく》んだ水の匂《にお》いがする。公園は二本の川に挟《はさ》まれたデルタにあった。昼間の暑さを、その風が吹《ふ》きはらう。夕暮れがそこまで来ていた。

「あんまり時間がないの。まだ見なくちゃならない慰霊碑《いれいひ》もあるでしょ」

でしょって、おまえが弁当箱のところで、もたもたしたから、だろ？　おれは、ひとりでホテルに帰る、すぐそこだし。

俊介の心を読んだように、凜子が言った。

「ひとりだけ、ホテルに帰ろうなんて。そんなこと、させないから」

俊介のなかで、何かがはじけた。

「おまえたちの弁当自慢《じまん》ごっこに、あの弁当箱も出したらいい」

それは、自分でも、思いもかけないことばだった。

「ちょっと、あんた、言っていいことと、悪いことがあるでしょ。どういう神経してんの」

凛子《りんこ》の目が燃え上がり、見る見るうちに涙《なみだ》で膨《ふく》らむ。

「あのね、あのお弁当は、あの子のお母さんが、あの子の……」

お母さんがどうした。泣くぐらいなら、おれについてくるな。俊介《しゅんすけ》は、女子の涙《なみだ》がきらいだった。ずるい、と思う。

「なんで、あんな弁当にこだわる？　まっ黒に焦《こ》げた弁当なんて、気味悪いだけじゃないか」

凛子は、くしゃくしゃの前髪《まえがみ》の間から目をのぞかせ、俊介をにらみつけると、ぽたぽた涙をこぼした。でかい目だ。夕暮れの光が、凛子の赤くなった目を、薄紫《うすむらさき》に光らせる。

凛子は、大きく息を吸った。

「あのね、あんたはどうせ読んでないから知らないでしょうけど、わたしたち修学旅行委員は、あのお弁当の中身を、学校の調理実習室で再現したの。事前学習ニュースレターに記事が載《の》ってる」

ふうっと息をつくと、凛子はリュックを投げ出し、ベンチに座った。

目の前は川。潮《しお》が下流から満ちてくる。ちょうどふたりの正面に、持っていた「修学旅行のしおり」の表紙と同じ、骨格だけになったドーム型の屋根が見える。

「あのお弁当、中身は、お米に大豆と麦を混ぜて炊《た》いたご飯、それにジャガイモと干した大根の千切り油炒《いた》め。それ、作ったの、みんなで」

「中身なんて、わかるわけ、ないだろ。あんなに焦《こ》げて」

俊介《しゅんすけ》は、思わず言った。ばかじゃねえの、こいつら。

「それが、わかったのよ。ずっと前、あのお弁当を作ったお母さんに、中身は何だったか、きいたひとがいたの。そのあと、また別のだれかが再現レシピを書いて、それをわたしたちが作ってみたってこと」

凜子《りんこ》の目に、もう涙《なみだ》はなかった。川下《かわしも》から、だだだだだ、とモーター音を響《ひび》かせ、ざざっと波頭《なみがしら》を立てて、目の前にボートが現れた。風が立つ。

きかれもしないのに、凜子は続けた。

「おいしかった、意外と。干し大根を水で戻《もど》したり、大豆を圧力鍋《なべ》でやわらかくするのは面倒《めんどう》だったけど、家庭科の二上《にかみ》先生が手伝ってくれたから。薄《うす》い味つけ、けっこういい、と思った」

公園にある鐘《かね》を、だれかがつきはじめる。ゴーンという地をはうような音が、足もとに寄ってくる。

「戦争が終わりかけのころは、お砂糖が出回ってなかったから、おかずが甘《あま》ったるいはずはないって、先生が言ってた。

……うちのママなんて、見た目をよくするために、お砂糖やみりんをうんと使って、つやを出すの、玉子焼きでも何でも。わたし、それがきらい」

こいつ、あきれるぐらい、よくしゃべる。もうこれ以上はごめんだ、と俊介《しゅんすけ》は思った。しゃべりすぎ。おまえは、おれの友だちじゃない。

「毎日、けっこうな弁当を作ってもらって、そりゃないだろ。楽しそうに写真ごっこまでしてんだろ。

けっ、何が再現レシピだ。あの弁当、食えなかったあいつが、いまの話、きいてみろ……」

言い過ぎたかな、と思ったときだった。俊介《しゅんすけ》の顔に、「修学旅行のしおり」が飛んできた。

「見た目がきれいなだけのお弁当なんて、食べたくもない。写真ごっこって言ったわね。そうよ、パパに愛されようと思ったら、あのひとに好かれなくちゃならない。だから、毎日、おいしくもないお弁当を我慢《がまん》して食べてる。あとで吐《は》くこともある。わたしはあの味がきらいなの」

きらい、と叫《さけ》んだあとで、「あのママは、二人目。いいひとだけど、あの味は、いや」

と凜子《りんこ》は言った。

俊介は、動けなかった。そうか、と思った。

「みんなが、お前を待ってる」

俊介は、足もとの踏《ふ》みつけられたクローバーの上から、「しおり」を拾い上げる。

「ずっと前に死んじゃったママの玉子焼き、刻んだネギが入っていて、薄《うす》い塩味だった。

幼稚園《ようちえん》のときのお弁当、ままごとみたいな赤いプラスチックのお弁当箱に、いつも入ってた」

凜子《りんこ》は歩きながら、鼻をすする。

「泣くな。おれが泣かしたみたいに見える」

だからね、と言って、凜子はからだの向きを変え、いきなり俊介《しゅんすけ》の前に立ちはだかった。

「あのまっ黒なお弁当は、わたしたち、作ってみてわかったんだけど、とっても丁寧《ていねい》に作ったんだな、って。あのころは圧力鍋《なべ》なんてないから、大豆はひとばん水につけて、ゆでたはず。硬《かた》いままだと、おなかをこわすから。

あの子のお母さん、もちろん息子の好きなものがわかってて、あの子はどんな顔してこれを食べてくれるかしらって、きっと、少し笑いながら作ったのよ。そんな気がする。わかる？　あんたに」

凜子の目から、また涙《なみだ》がこぼれる。

「でも、あいつは食えなかった」

あいつは爆弾《ばくだん》の炎《ほのお》に焼かれて骨《ほね》になった、弁当箱を抱《かか》えたまま。と思ったとたん、頭に上った血が、すうっと足もとにおりていく。

少し笑いながら、か。あの女も、おれの弁当を作ったとき、少し笑っていただろうか。アリがいやというほどたかって、まっ黒になった、おれの弁当。ジャガイモとピーマンの千切り炒《いた》めは見えたけど、あとは何が入っていた？

どういうつもりで、あの女は、あのときに限って弁当を作ったのか。凜子《りんこ》のママは、何を考えながら毎日、気合を入れて弁当を作るんだろう。

自分が作った弁当、食ってもらえなかった弁当を見つけたとき……どんな気持ちになるのか、と思いかけて、俊介《しゅんすけ》は大きく首を振《ふ》った。おれの知ったことか。

やっかいなことに、まっ黒な弁当は、二つ並んで俊介の目の裏に焼きついて離《はな》れない。

これで凜子の弁当まで並んだら！　勘弁《かんべん》してくれよ、だ。

夕焼けが公園をおおいはじめる。クスノキの葉の一枚一枚を、金色の光が縁《ふち》取っていく。

凜子《りんこ》は、動かない俊介《しゅんすけ》を置いたまま、振《ふ》り向きもせずに歩き出した。

遠くでだれかの声がする。「班行動だって、自分で言ってて、班長がこれだから……」。

ごめーん、と凜子が駆《か》けて行く。その姿を目で追いながら、俊介は思う。

くそっ、あの日、弁当箱を抱《だ》いて骨になったあいつは、どんなやつだった?

ワンピース

しまった、と思ったときは、もう遅《おそ》かった。やっちゃった。近道なんかするから、隠《かく》れていたコンクリートの塊《かたまり》に足を取られる。ばか。

折れたな、とみさきは思った。意外に冷静、でも次の瞬間《しゅんかん》、くるぶしのあたりが、かあっと熱くなって、いっきに痛みの波がやってきた。みさきが次に思ったことは、「修学旅行、行けない」だった。

どうしよう。

「みさき、きいてる？　これはね、行くなっていうことなのよ。最初から、この旅行には、行かせたくなかった、ママは。いま痛い思いをしているあなたには気の毒だけど、よかったのよ、これで」

みさきのママは、救急外来の出口で、ギプスが巻かれたみさきの右足を見おろしながら、なんだかほっとした顔で言った。そう見えただけなのかもしれない。でも。みさきは、ひどい、と思った。わたしが痛い思いをしてるのに、旅行のこと、いま、言う？

入院はぜったいに、いや。みさきの半泣きになった顔に、担当になった若い医師は、「ベッドも空《あ》いていませんし、お帰りいただいてもいいですよ」と、パソコンに向かったまま、抑揚《よくよう》のない声で言った。

みさきのママは、「車を回すから、ここで待ってなさい」と、駐車場《ちゅうしゃじょう》に歩いて行った。脈打つような痛みと、しびれるような痛みが交互《こうご》にやってくる。松葉杖《まつばづえ》にすがると、バランスが崩《くず》れて、右足にさらに痛みが走る。

旅行に行けないなんて、あんなに準備したのに。みさきは、泣きたかった。この足！

「だれがなんと言おうと、行かせませんからね。あなたも無責任なこと、言わないでください。この子の足、折れているのよ。行けるはずないでしょ」

「松葉杖だって、車いすだって、あるじゃないか。医者だって、大丈夫《だいじょうぶ》って言ったんだろ。せっかく、その気になってるんだから、行かせてやればいい。担任の先生も、友だちも、みんなで面倒《めんどう》見てくれるって」

そういう問題じゃないのよ、あなたはなんにもわかっていない、というひとことをのどの奥《おく》から絞《しぼ》り出し、みさきのママは、怒《いか》りで膨《ふく》らんだ目でパパをにらみつけ、バタンとドアを閉めると、居間を出て行った。窓際に置いた水そうの熱帯魚が、いっせいに方向を変える。部屋にはパパとみさきだけが残された。それから、晩ご飯のカレーの匂《にお》いも。

「……まあ、行ったらいいだろ。あとはなんとかするから。それより、無理するなよ、気をつけて、な」

パパはそう言うと、メガネをはずし、両手で顔じゅうをごしごしこすった。それで、決まりだった。みさきは、足の痛みが少しだけ減ったような気がして、久しぶりに小さく笑った。

「これまで、修学旅行委員で、一年間、あんなに頑張《がんば》ってきたんだから。みさきこそが行かなくちゃ。やあ、よかった、よかった」

黒田先生は「みさき、参加」の知らせを受けると、大きな声で、わはは、と笑った。

とりあえず、一件落着。

みさきのママには、何度もかみつかれたからな。「もっと違《ちが》う修学旅行先がいくらでもあるでしょう。中学最後の大事な旅行なのに、なんでわざわざ子どもたちを、あんな楽しくもないところに連れて行く必要があるんですか」って。

楽しくもない、か。たしかに。

七十五年もむかしの、戦争が残した傷跡《きずあと》をわざわざたどっていくのは、だれだって楽しくはない。それでも子どもたちは、一年をかけた事前学習に、けっこう熱心に取り組んでいた。最初は、いい加減だったり、いやいやだった子らも、だんだんその気になって。もっとも俊介《しゅんすけ》みたいに、最後まで知らん顔のやつもいたが。準備の中心になったのが、修学旅行委員、なかでも、みさきは隣《となり》の班の凜子《りんこ》と同じぐらい熱心だった。

凜子は弁当箱で、みさきはワンピース。こだわっていたな、ふたりとも。資料館のウェブサイトにあった遺品の写真が、ふたりに何かをささやいた、ということだろう、と黒田先生は、ぼんやり思っていた。

職員室の窓からは、霧《きり》のような雨のなか、校庭を横切る傘《かさ》の集団が見える。色もデザインも素材もさまざま。あれと同じ、子どもたちも、親たちも、教員だっていろいろだ。行きたくないやつ、行かせたくない親、それでなくとも忙《いそが》しすぎるのに事前学習なんて面倒《めんどう》だと思っている教員、いるのが当たり前。考えていることがみんな同じなんて、ありえない。正解なんて、どこにもない。まあ、修学旅行は無事に行って帰ることがいちばんだ。黒田先生は、ガラスの向こうの傘《かさ》たちを見ながらつぶやく。「それで、よし」。


「びっくりねえ。こんなワンピース、あのころ、あったんだ」

わたしの「ワンピース熱」は、家庭科の二上《にかみ》先生の、このひとことから始まった、とみさきは思う。二上先生が見せてくれた写真集の一ページ、みさきはそれを見るなり、あっと声をあげた。

写真集は、一ページにひとつ、残されたものの写真を通して、七十五年前の記憶《きおく》の封《ふう》印《いん》を解《と》き放つものだった。

このワンピース！　似てる、とっても。みさきは、思い出す。小学三年の夏休みに、ママが縫《ぬ》ってくれた、丸衿《えり》のワンピース。あれは、薄《うす》いブルーの生地にえんじ色の小さな花が一面に散らばって、衿には、花と同じ色のレースで縁《ふち》取りがしてあった。胸元には切り替《か》え、ちょっとハイウエストで、下にはフレアのスカートがついていた。

いまだったら、一応、「すてき」ってママに言えたかもしれない、とみさきは思った。もう、子どもじゃないんだから。あのころ、だれも家で縫ってもらった服なんて着ていなかったのに、ママはハンドメイドがいちばん、って勝手に思ってた。それって、めいわく。みさきは、ママの手作りの服が着たくなかった。服、買って！

いつだったか、仲良しのまいちゃんが、「子どもっぽいかっこうしてる子とは、遊ばない」って、わたしの方をちらちら見ながら言った。まいちゃんのママはグラフィックデザイナーで、まいちゃんには飾《かざ》りのない、黒か白のシンプルな服しか着せなかった。そんなまいちゃんは、たしかに、クラスのなかでもダントツ、大人っぽくてかっこよかった……。

二上《にかみ》先生は、写真のワンピースを指先でそおっとさわりながら言った。

「どんなひとが縫《ぬ》って、どんな子が着ていたのかしら。はっきりはわからないけど、とっても丁寧《ていねい》な仕事に見える。でもね、この服、背中が大きく裂《さ》けて……」

あそこ、右肩の下あたりに、「濃《こ》いしみが残ってる」と、みさきは声に出さずにつぶやいた。それが、始まりだった。


松葉杖《まつばづえ》で行く、って粘《ねば》ったけど、それじゃ、みんなについて行けない。

「車いすにしろ」と黒田先生は言った。まだ、慣れてないから、松葉杖でふつうの速度で歩くのは、無理。わかってる、でも、いやだった。だれかに頼《たよ》るなんて。

「いいじゃないか、たまには友だちに頼れよ」

黒田先生は、にやりと笑った。妥協《だきょう》、だきょう。修学旅行に行くためには、これしかない。過保護のママが、ついてくるって言わないだけでもましか。みさきは、うなずく。

たしかに、折れた右足も、まだ少し痛かった。

車いすは、松葉杖《まつばづえ》より、はるかに楽だったけど、いやなことも多かった。

「みさき、お前、見かけより重いなあ」と同じ班の祐輔《ゆうすけ》が車いすを押《お》しながら、段差を上がって言ったとき、みさきは耳の付け根まで熱くなった。いまに見てなさい。足がなおったら、ただじゃおかない。ハラスメントっていうんだ、そういうの。

ちょっとした段差を通るたびに、がくんと来る。どこもここも、道はまるで意地悪するように、なめらかじゃない。みさきは、感じたことのない感じにおどろく。それに、立っているときの目の高さと、車いすに座っているときのそれとはもちろん違《ちが》うから、景色だって違って見える。小さいころは、こんなふうに世界が見えたのか。まわりのものが不自然に大きく、なんだか、自分が頼《たよ》りない。

ワンピース、見るんだから。しっかりしなくちゃ、とみさきは自分に言いきかせながら、祐輔を振《ふ》り返った。

「さっさと、押《お》してくんない？」

資料館のなかは異様《いよう》に暗くて、通路はひとであふれている。おとな、子ども、海外から来たひと、そうでないひと。車いすで見て回るのは、とってもたいへん。だいたい、この位置からでは、ひとのお尻《しり》しか見えない。おまけに通路は暗いから、はっきり見えないケースの足や柱の角にぶつかる。怖《こわ》い。車いすを押《お》す祐輔《ゆうすけ》が、そのたびに舌打ちする。それ、あんたじゃなくて、わたしがしたい。

みさきは、右足をかばいながら、「すみません、通ります」と小声で言って通路を確保し、ワンピースを探す。班ごとに行動、なんて知ったことじゃない。わたしは、とくべつ。足が悪いんだから。

みさきの車いすは展示室の角を曲がって、次のホールに出た。左手に同じ学校の、隣《となり》の班の子たちが、背高のガラスケースに群がっている。独占《どくせん》。みさきにも、通路を埋《う》めるひとのお尻の隙間《すきま》から、それが見えた。

凜子《りんこ》たちの班のテーマは、お弁当箱。あそこにそれがあるんだ。凜子の興奮した声が、とぎれとぎれにきこえてくる。凜子、事前学習ニュースレターに詳《くわ》しく書いてた、まっ黒なお弁当のこと。調理実習室で、ほんとうに作ってみたって。わたしもワンピースのこと、書きたかったな。みさきは、右手の壁《かべ》に沿《そ》った大きなガラスケースに目をやった。

あった！　写真集に載《の》っていた花柄《がら》がちらっと見える。みさきは、車いすを押《お》してくれる祐輔《ゆうすけ》を振《ふ》り返ると、せいいっぱいの猫《ねこ》なで声で言った。

「悪いけど、あのワンピースの前まで連れてって。展示ケースぎりぎりじゃなくて、ちょっと下がって止めてくれる？　でも、だれよりもいちばん前に。ね、よろしく。それで一〇分したら、ここに迎《むか》えにきて。あとであんたの好きなビターオレンジソーダ、おごる。ね、よろしく」

よろしく、を二回も言った。それだけの価値はある、とみさきは思う。

「ちぇ、勝手なやつ。はいはい、お嬢《じょう》様、わかりましたよ。ここで、よろしいでしょうか」

祐輔《ゆうすけ》は、そう言い残し、みさきの車いすをガラスケースの前に止めると、はああ、とわざとらしくため息をつきながら離《はな》れて行った。

みさきは、左右をすばやく見まわし、正面に向き直る。班のメンバーはだれもいない。ワンピースは、少し傾斜《けいしゃ》のついた、黒い展示用の壁《かべ》に、そのかたちがよくわかるよう広げて展示されていた。

レースがきれい。みさきの位置から見上げると、衿《えり》や袖口《そでぐち》を飾《かざ》るレースの波打つさまが、はっきりわかる。でも、もっとよく見よう。みさきは膝《ひざ》に置いたリュックから、パパに借りた双眼鏡《そうがんきょう》を取り出した。役に立つよ、きっと。パパはそう言うと、ずっしり重い双眼鏡を渡《わた》してくれた。正解、ほんと。視野に飛び込《こ》んでくる繊細《せんさい》なレース、そこにはほころびもなく、七十五年もたっているとは、とても思えない。あのころも、こんな服、あったんだ。でもなあ、わたしだったら、レースの色はえんじじゃなくて紺《こん》色が好きかも。みさきは、「自分だったらワンピース」を、頭のなかで描《えが》いてみる。シンプルなデザインの服がいまでも好きだけど、こういうのもたまにはいいかもしれない。みさきは、ママが縫《ぬ》ってくれた、よく似たワンピースを思い出す。

着たくない、レースなんかついて。

わたしは、ほんとにいやな子だった。そのときママがどんな顔したか、思い出せない。それを一度も着ないまま、わたしは大きくなった。ママのため息と一緒《いっしょ》にたたまれ、しまわれたワンピースが、家のどこかに眠《ねむ》っているに違《ちが》いない。

みさきは、ずれてしまった双眼鏡《そうがんきょう》のピントをもう一度あわせると、ワンピースを上から下まで、製造ラインの検査人みたいに点検する。写真集で見たときに気づかなかったところも、しっかり見える。右肩の下あたりについていたしみ、きっと血液。しみだけじゃない。そこが少し裂《さ》けて繊維《せんい》が数本のぞき、その先が焦《こ》げているのもわかる。何が起こった？　この服に。というより、着ていただれかに。背中だって、裂《さ》けて、ちぎれて、変色してる。茶色のしみで花模様もぼやけて見える。

みさきは、息ができなくなる。空気が薄《うす》いんだ、ここは。展示スペースの下には、説明板もついているけれど、みさきは読まない。写真集にも、たしか説明文はなかった。写真だけ。それが写真家の考え方だということを、みさきは知っていた。このままここにいたら、窒息《ちっそく》する、と思ったときだった。

「はい、一〇分たちました。みんなも出口で待ってます」

祐輔《ゆうすけ》のおどけた声と同時に、車いすがすうっと動いた。

わたしはえんじいろがすきでれーすをじぶんでこのいろにそめたの。

え、いま、何か言った？　祐輔の声じゃない。

「ちょっと止めて」

みさきは、思わず声を上げた。

「おい、かんべんしてくれよ。もう、十分見ただろ。待ってられない、これ以上。お前を出口に連れてく」

いらだった祐輔《ゆうすけ》が、太い声を押《お》し殺して言った。


こんなふくにしてとわたしがえをかいてかあさんがかたがみをつくってわたしがかたがみをぬののうえにおいてかたがみにそってめじるしをつけかたがみをはずしていきをとめてはさみできったの。


「お願い、あと五分だけ。そしたら必ず行くから、ね、お願い」

みさきは必死だった。

「もう、知らねえからな。勝手にしろ」

本気で怒《おこ》った祐輔が、そのまま視界から消えた。車いすは、通路のまんなかで、ひとの流れをせきとめる。

「すみません、わたしをあのワンピースの前に連れて行ってください」

みさきは、だれかれとなく声をかけた。こんな混みあったところで、車いすを自分で回転させるなんて、できっこない、と泣きそうになったとき、だれかが、黙《だま》って車いすを押《お》してくれた。振《ふ》り返ると、白いポロシャツの背中だけがちらっと見えた。

こんなきれいなはなもようのぬのやれーすがたんすのひきだしにしまってあったなんておどろいたけどうれしくてかあさんのかけるみしんもすこしだけてつだってやっとまにあったおばあちゃんのおみまいにいくひに。

息を止めてひとの話をきくって、こういうことだ、とみさきは思う。ものすごくびっくりしているのに、どこかひんやりと冷めていて、それにもおどろく。こんなことって、あり？　もうそうげんかくげんちょう。

「おお、ここにいたのか」

これは幻聴《げんちょう》じゃない。黒田先生の声。

「みさきがてこでも動かないって、祐輔《ゆうすけ》が困ってた。時間がない、行くぞ」

もう、これまで。みさきは黙《だま》ってうなずくと、これが最後と思いながら、ワンピースを見上げた。


ひさしぶりにやすみをもらってもんぺのせいふくじゃなくてかわいいふくをきてそとにでたらいいきぶんでかわのそばをはしりたくなってこんなわたしをみたらおばあちゃんはなんていうかしらびょうきだってなおるとおもいながらかあさんがきょうはひがつよいからとかしてくれたひがさをくるくるまわしていたら。


最後の方は、少し早口だった。ちょっと高めの、澄《す》んだ声。

みさきは、ひょっとして、と黒田先生を振《ふ》り返ったけれど、先生は知らん顔で、混みあった通路をにらみながら、車いすを通すのに集中している。

きこえたのは、わたしだけ？

みさきは、からだを大きくひねったが、ワンピースは、大勢のひとのからだにさえぎられ、もう見えなかった。

本館の出口では、班のみんなが疲《つか》れた顔で待っていた。館内で見たものの衝撃《しょうげき》が、どの顔にも残っていた。いつもは強がっている子に限って、顔色が悪い。「まじ、ひどかった」。だれかが、低い声で言った。

「みさきも来たし、行くぞ」

黒田先生が先頭に立って、みさきの車いすを押《お》していく。みんなは、のろのろと歩きはじめたが、みさきも班のメンバーも黙《だま》ったままだった。みさきは、遅《おく》れてごめん、と言う力も残っていない自分におどろく。

きこえたのは、わたしだけ。

みんなの進む左手には、ガラス越《ご》しに広々とした公園が広がり、ずっと向こうに小さなドーム型の屋根が見える。だれもが自分の足が頼《たよ》りなく感じられ、公園に降り注ぐ午後の日差しに目がくらんだ。

そのときだった。チロチロと黒田先生の携帯《けいたい》が鳴った。

「はい、黒田です。ああ、大丈夫《だいじょうぶ》ですよ。ええ元気です、変わりありません。いま、替《か》わります」。先生は車いすを止めると、みさきの肩越《かたご》しに携帯をわたしながら小声で言った。「お母さんだ」。

みさきは、のどが詰《つ》まった。なんで、いまよ。

「みさき、大丈夫《だいじょうぶ》なの。もう、気が気じゃないわ、無理して行くから……ねえ、何か言ったら」

ママ、声がうわずってる。その声をきいても、みさきは冷静だった。

「あのね、わたしが小学校の三年生ぐらいのときに、花模様のワンピース、衿《えり》と袖口《そでぐち》にレースのついた、ワンピース、縫《ぬ》ってくれたでしょ」

あれはどこにしまってあるの、ときいたとき、ママはしばらく黙《だま》ったあと、「たんすの上から三段目の引き出しの奥《おく》」と低い声で答え、次に「心配してるのに、ふざけるのはやめなさい」と言うなり、電話を切った。

やっぱり、しまってあるんだ、あのワンピース。

わたしは、きらい、と言ってワンピースを着なかった。あのひとは、うれしい、とおばあちゃんのお見舞《みま》いに着て行った。日傘《ひがさ》をくるくる回して。

そして、どうなったの。

あの背中の裂《さ》けたワンピースを、大事にしまっておいたのは、だれ。


資料館を出ると、班のみんなは、まだ見たいところがあると、みさきを誘《さそ》った。けれども、みさきは、ここにいたい、待っているから、とベンチの横に車いすを止めてもらい、ブレーキをかけた。夕暮れの風が、足もとを吹《ふ》き抜《ぬ》ける。

「あ、みさきちゃん、ワンピースどうだった？」

後ろから声をかけてきたのは、隣《となり》の班の凜子《りんこ》だった。

「うん、見たよ。お弁当箱、見た？」

凛子《りんこ》はポニーテイルを大きく揺《ゆ》らして、

「見た見た、しっかり見たよ。それより、俊介《しゅんすけ》、見なかった？　あいつ、どこ行ったんだろ」

と、憤慨《ふんがい》した顔であたりを見回した。

「ほんとに、もう」

そう言うと、凛子はみさきの肩《かた》に指先をふれ、川の方へ走って行った。芝生《しばふ》をけるスニーカーの音。

いいな、走れて。みさきは、ふうっと息を吐《は》きだす。こんなに時間が早く過ぎて、こんなに中身がぎゅう詰《づ》めの一日なんて、これまでになかったな、と思うだけで、なんだかどっと疲《つか》れた感じ。みさきは、もういちど、ワンピースを思い出す。そして、黒田先生が言ってたことを重ねてみる。

そこに着いたら、事前学習のことは、いったん忘れて、まっ白になれ。そのうえで、そこからきこえてくるもの、見えてくるものを、全身で感じろ。

そうだな、とみさきは思う。なんとなく、わかる。みさきの耳に、もう声はきこえない。でも、忘れない。もしかすると、いつか、だれかに話すかもしれない。もっとおとなになってから、たとえば、ママに？

みさきは、水筒《すいとう》のふたを開け、水を飲む。ごくごく。ふた口めに思った。あのひと、水、もらえた？　ごく、三口め。わたしにわかったこと。あのワンピースをあの日に着てたひとは、たしかにいた。だから、あそこで声がした。わたしと同じところにいて、同じ空気を吸って。いないけど、いる。わたしには、わかる。いないことの証明も、いたことの証明も、ワンピースにはできる。

水筒の水を飲み干すと、みさきは顔を上げた。夕焼けの広がりはじめた空に、カラスが一羽、ちょっとさびしい。公園の向こうから、あたりの空気を震《ふる》わせながら、低く鐘《かね》の音がする。

わたしのすきなれーすがやけなくてよかった。

くつ

「ゆきちゃん、それ、もう捨てるんじゃなかった？」

靴《くつ》を履《は》こうとして雪人《ゆきと》が玄関《げんかん》先にしゃがみ込《こ》んだとき、覆《おお》いかぶさるように妹の声がした。わっ、びっくりした。後ろからふいをつかれ、雪人はあわてた。

日ごろから、妹は口うるさい。三歳《さい》も年下のくせに、まるで保護者のように、雪人の行動に目を光らせる。ふたりの母親は、妹が三歳になったばかりの春に事故で亡くなった。それ以来、雪人の家は父さん、雪人、妹の三人家族。家事も三人で公平に分担するけれど、だれよりいちばんいばって指図するのは妹だった。たしかに何をさせても手際がよく、そのおかげで、家もきちんとしている。三人の暮らしは、それなりに快適だった。

だとしても、あいつに「ゆきちゃん」と呼ばれたくはない。雪人は舌打ちする思いだった。えらそうに、何がゆきちゃんだ。そのくせ、家の外ではひとの目を、いや耳を気にして、猫《ねこ》なで声で「お兄ちゃん」と呼ぶ。思い出すだけで、じんましんが出そうだった。きかれたことに対して、雪人は、もちろん返事をしなかった。よく見てるな、あいつ。

捨てようと思った靴《くつ》を履《は》いているって、くやしいけれど、よく見てる。雪人《ゆきと》は感心するより、あきれた。

きょうは、修学旅行の当日。ひとりでうんと早起きしたと思ったら、妹も起きていた。えらそうなわりには、着ているパジャマが子どもっぽい。おとなしく父さんみたいに寝《ね》てればいいのに。

妹を無視したまま、雪人はデイパックを背負《せお》うと、玄関《げんかん》を出た。母さんがお気に入りだったチロルのカウベルが、ドアの内側でコロンと音をたて、その向こうで、「行ってらっしゃい、お兄さま」という妹の声がきこえた。

優等生、ということばは、ぼくのためにある、と雪人は思っていた。どの教科もまんべんなくできる。ひとあたりもよく、だれにでも好かれる。裏切らない、いやな顔もしない、やさしい。完璧《かんぺき》！　けれども、心の片隅《かたすみ》で、ときどき何かが小声でささやく。「だから、ほんとにいやなやつ」。

「なんの心配もないお子さんですね」とだれかに言われるたびに、父さんは泣き笑いのような顔で答える。「ええ、まあ、母親のいない子ですから」。それ関係ないだろ、と思いながら、雪人《ゆきと》は父さんの横で黙《だま》って笑っていた。いい子。ずっとそうだった。

どこで履《は》き替《か》えよう？　雪人は、デイパックの中身が気になってしかたなかった。ハイカットのすごく値段の高いスニーカー。お小遣《こづか》いをためて、やっとのことで手に入れた。これ、ぜったい自分には似あわない、と思いながら。

海に面した赤いレンガのモール、あのとき、スニーカーショップの店員は、雪人を上から下までじろっと眺《なが》め、思わず口元にうすら笑いを浮《う》かべた。雪人が「試したい」と言って指さしたのは、どう見ても雪人にはあいそうにない、とびきりカラフルなハイカットだった。これをかっこよく履きこなすには、よほどのファッションセンスがないと……。目の前にいるこいつが、これ？　店員の顔には、そう書かれていた。

わかってる、そんなこと。でも、いい。ぼくはこれを買う。雪人は店員の目を見て言った。

「サイズは二十九、出してください」

スニーカーを買った日の夜、妹が寝《ね》たのを確かめて、雪人《ゆきと》は自分の部屋に鍵《かぎ》をかけ、クローゼットの奥《おく》からそれを取り出した。

たしかに、すごい。カラフル、というより、目がちかちかする配色だった。ありとあらゆる色が、しかも原色ばかりが大小さまざまなパターンで散らばって、どう考えても自分が持っている服にそれをあわせるのは、無理というものだった。

雪人の学校では、修学旅行は私服で行くことが伝統になっている。「中学生らしい、清潔感のある私服で」と旅行のしおりにも書いてある。雪人は、手にしたスニーカーをもういちど眺《なが》め、高々とさし上げた。しおりに、靴《くつ》のことは書いてない。

ネットにあったバッシュの通販《つうはん》カタログのなかで、いちばん派手だったのが、雪人の選んだ一足だった。よおし、これだ。これまで、見向きもしなかった一足。ネットでは、二十九はなかったし、そこで買うこともできない。父さんに頼《たの》まない限り。それはいやだった。

雪人《ゆきと》は、自分の身長につりあわない、大きなサイズの足を、かなり恥《は》ずかしいと思っていた。だから、いままでは、できるだけ目立たない靴《くつ》を選んで履《は》いてきた。小学校のころに、だれかに足の大きさをからかわれたのが、いまでもいやな思い出として雪人のなかに残っている。

「でか過ぎ、ゆきちゃんの足」。そう言った妹に、もう少しで手が出そうになったこともあった。目の前の一足は、それでなくとも目立つ足を、さらに「大きく」アピールするに違《ちが》いない。

それが目的を達する手段だから、と雪人は考えながら、シューズに足を入れてみる。サイズはぴったり、ひとつひとつの穴に通したひもの長さも、左右ぴったり。自分にぴったりでないのは、この色とデザインだけ。

見たこともないような派手なシューズ、これを履くことで、ぼくがいままでのぼくでなくなる……はずだった。いい子ぶりっこ、さようなら。

「えー、雪人《ゆきと》くん、どうしたのお、ぜんぜん似あわない」とみんなに言わせたい。それより、「なんだ、その靴《くつ》は」「どうした、いつもの雪人と違《ちが》うじゃないか」と先生たちに言わせたい。


雪人は、家から歩いてすぐの上杉《うえすぎ》神社を目指していた。新聞配達の自転車が、雪人のわきをフルスピードで通り過ぎていく。寝坊《ねぼう》したんだ、きっと。

雪人は神社の鳥居まで来ると、素早くあたりを見回した。だれもいない。鳥居のかげで、デイパックをおろし、ハイカットを取り出す。ああ、目がくらむ。閉じようとしたジッパーが引っかかる。くそ。雪人は同時進行のように古い靴を脱《ぬ》ぎ、新品に右足を入れた。

自分でもあきれるぐらい派手。ま新しいシューズはまるで発光体だ。足だけが別もの。ちょっと笑える。集合時刻まで、もうあまり時間がない、笑ってる場合じゃなかった。

雪人《ゆきと》は、脱《ぬ》ぎ捨てた地味なスニーカーを拾い上げ、一足ずつぶら下げて神社の参道を進んだ。ちょっと大げさだけど、この靴《くつ》にも、これまでのぼくにも、お世話になりました、さよなら。

拝殿《はいでん》の前まで来ると、雪人は古いスニーカーをうやうやしく賽銭箱《さいせんばこ》の上に置いた。百円玉ぐらい、入れようか。コインは、コトンと硬《かた》い音をたて、賽銭箱にころがった。

参道を戻《もど》りながら、雪人は足が軽くなった、と思う。気のせいかもしれないけれど。参道わきに植えられた藪椿《やぶつばき》のぶ厚い葉に朝日が光る。鳥居にもたれパック入りの牛乳を飲んでいたおじさんが、雪人の足もとを見て、「おおっ」と声を上げた。連れていた小型の犬が、ううう、とうなった。

「しかたないでしょう、いまさら履《は》き替《か》えてこいとも言えませんし。このまま行かせましょうよ」

校長先生は、いつものやわらかな笑顔を見せながら、憤慨《ふんがい》している甲本《こうもと》先生に言った。

集合場所の駅は、通勤客で混みはじめ、一行の出発時刻も迫《せま》っていた。甲本さんは、きまじめすぎて、靴《くつ》の色なんてどうでもいい、と校長先生は思っていた。甲本さんは、融通《ゆうずう》がきかない。

それにしても、雪人《ゆきと》くんの靴は、すごい。ぜんぜん似あわない。優等生の反乱？　修学旅行って、こういう説明できないことが起こる。でも、それはそれでいい、と校長先生はうなずいた。面白《おもしろ》いじゃないの。甲本さんが息せき切って駆《か》けてきたときは、何ごとが起こったかと思ったけれど。校長先生は首をかしげると、ひかえめなパールのイヤリングに指をふれながら、問題の雪人を目で探した。

雪人は、すましていた。だれかがくすくす笑っても、にやにやしながら口笛を吹《ふ》いても平気だった。なんだか、からだが軽くなったというか、すっきりしたというか。こんな気分は久しぶり。単純、靴を替《か》えただけなのに。雪人は笑い出したくなる。他人からどう思われたっていい、と思いきることが、こんなに気分いいものだなんて。わはは、だった。

旅行前に足を折ったみさきが、車いすですれ違《ちが》いざまに、「やるじゃん、雪ちゃん」と声をかけた。

「左の改札口から、一列に並んで進んで行け」

黒田先生のでかい声があたりに響《ひび》いた。雪人《ゆきと》は、もういちど足もとを見た。よっし。

「ここ、けっこう、靴《くつ》、多いね」。だれかが薄暗《うすくら》がりの展示室でささやいた。「靴」ときいただけで、雪人の耳は反応する。そして思わず足もとを見る。暗がりのなかでも、「ハイカットくん」は、元気いっぱいに蛍光《けいこう》を発していた。

資料館の展示室に並べられた靴は、雪人たちのそれとはちがう。七十五年前に持ち主を失った、中学生や女学生、よちよち歩きの子どもの靴。

どれも、汚《よご》れて、焼《や》け焦《こ》げて、裂《さ》けてぼろぼろ。履《は》いていたひとはいなくなり、大切なひとを失った家族の手で、それらの靴は長い年月、ひっそりとしまわれていたという。

「形見よね、つまり」。また、だれかがささやく。

小さい。雪人《ゆきと》の目は、片方だけの運動靴《うんどうぐつ》にくぎ付けになる。基本的には布製、まわりにぐるりとゴムが引いてある。ゴムはつま先のあたりが少し溶《と》け、布の一部は焦《こ》げていた。それにしても小さかった。なんで？　これ履《は》いてたの十二歳《さい》、中学生だろ、男子でこんなに小さいわけがない。ぼくが十二歳のとき、靴《くつ》のサイズは二十七だった。まあ、ぼくが特別だったとしても、目の前の靴は、どう見ても十二歳の男子のものとは思えなかった。

この靴は、甲《こう》のところが布ゴムになっていて、そこに名前が書いてあったので、お母さんが息子のものだとわかったのです。当時、靴は貴重品で、擦《す》り切れて穴のあいた靴底には、本人の手でぴったりのサイズの厚紙が敷《し》き込《こ》まれ、裂《さ》けたかかとは縫《ぬ》い込んで補強がしてありました。

雪人は、息を止めて説明板を読む。最後の方に、生き残った妹のことばが書かれていた。「兄は、小さいときから、とてもきちょうめんで、器用な子どもでした」。厚紙を敷《し》いて、かかとを縫《ぬ》って。

兄がどんな子だったか、彼《かれ》の妹は覚えていた。雪人《ゆきと》はふいに、けさの妹を思い出す。喉《のど》が渇《かわ》いていた。けれども展示室は混みあっていて、デイパックから水筒《すいとう》を取り出すのは無理だった。

「むかしの子は、戦争中ろくな食べ物がなかったから、栄養状態が悪くて、からだも小さかったんだって」

後ろから声がする。雪人が振《ふ》り返ると、高校生のグループが通り過ぎていく。だから、足も小さかった。なるほど。

雪人はもういちど、靴《くつ》を見る。これは七十五年の間にゆっくり縮んで、いまでは化石みたいに硬《かた》くなった、と思う。小さい靴が、さらに小さくなった。もしかすると、これは手をふれたとたんに、ばらばらと崩《くず》れていくものかもしれなかった。

「七十五年前、ここにはいくつもの町がありました。はじめから公園ではありませんでした」

公園を案内してくれたボランティアのおばさんは、そう言ったけれど。雪人《ゆきと》は、ここに町があってふつうにひとが暮《く》らしていた、ということを想像できずにいた。無理、無理。目の前に広がる公園は、広々として清潔で、明るく、礼儀《れいぎ》正しく整備されていた。

雪人はトイレに行くふりをして、班行動の塊《かたまり》からすいっと抜《ぬ》け出し、ひとりで公園を歩いていた。ホテルはすぐそこ。決められた時刻に帰ればいい。決められたことを守るのが当たり前だった以前のぼくは、どこに行った?

雪人が枝を張ったクスノキの陰《かげ》でぼんやりしていると、背の高い影《かげ》が後ろからやってきた。影は言った。

「そのけばいハイカット、よこせ」

振《ふ》り返るといちばん苦手な俊介《しゅんすけ》が、にやりと笑って雪人の足もとを見ていた。

「いやあ、冗談《じょうだん》、じょうだん」

ふいに空気がゆるんで、影《かげ》は遠ざかる。「お前も、やるじゃん」。笑い声が風にちぎれた。

そのときだった。

「千羽鶴《せんばづる》を散らしたみたいじゃねえ」

気づかないうちに雪人《ゆきと》の左側には、花柄《がら》の杖《つえ》を手にした小柄な女性が立っていた。全身、黒。近づいてくる気配もなかった。なんだ、このばあさん。

雪人のびっくりはそっちのけ。おばあさんの目は、雪人の足もとにくぎ付けだった。

千羽鶴、なるほど。

思ってもみなかったことを言われて、雪人は、あらためてハイカットを見おろす。

雪人たちも、旅行の前に班ごとに数を決めて千羽鶴を折った。「平和を願って」という、雪人でも気恥《きは》ずかしいキャッチフレーズを、鼻で笑うやつもいたけれど、とりあえず、みんなで鶴《つる》を折った。原色の色紙を見続けていると、目がちかちかした。

たしかに、そうだ。雪人《ゆきと》はあらためておばあさんを見た。初夏だというのに、花飾《かざ》りのついたフェルトの帽子《ぼうし》。長袖《ながそで》の薄地《うすじ》のブラウスにスカート、小さな靴《くつ》。上から下まで、ストッキングまでまっ黒だった。

「その靴、ここを歩くのに、ぴったりじゃ」

おばあさんは、ゆっくり視線を上げ、ほほえんで雪人を見た。

「この公園の下には、町が眠《ねむ》っとる。ひとも眠っとる。ここを歩くときは、そおっと歩くんよ。すみません、すみません、言うてね」

おばあさんは、自分がおかしいというように笑った。

「その靴は、ええね。千羽鶴《せんばづる》の柄《がら》は、ここを歩くのにぴったりじゃ。やさしく歩くのに、ちょうどええ」

おばあさんは、「ぴったり」を繰《く》り返しながら、雪人に向かって軽くおじぎをし、小さな歩幅《ほはば》で歩き出した。雪人は、「はい」と言うのがせいいっぱいで、遠ざかって行くおばあさんの背中を見ながら、足もとが揺《ゆ》らぐのを感じ、少しの間、目を閉《と》じた。資料館の上を飛んでいたカラスが、つぶれた声を上げた。どこかで、鐘《かね》が鳴っていた。

「雪人《ゆきと》くん、顔色悪くない？」「慣れない靴《くつ》、履《は》くからよ。あ、ごめんごめん」。風呂《ふろ》上がりの、せっけんの匂《にお》いを振《ふ》りまきながら、女子たちが廊下《ろうか》のソファに座り込《こ》んだ雪人を取り囲む。

修学旅行の一日目、主だった予定は終わっている。あとはホテルの売店でちょっとしたおみやげを買ったり、班長が集まって反省会をする時刻になっていた。

そう言われてみると、たしかに雪人は具合が悪かった。食欲もいまひとつだったし、風呂場に男子パンツの忘れ物があった、と先生が言い、みんながどっと笑っても、雪人だけは笑う気がしなかった。なんだか、ふらふらする。天井《てんじょう》が回る。あたりが暗くなりはじめ、「ねえ、雪人くん、大丈夫《だいじょうぶ》？　わ、だれか先生、呼んできて」という女子の声が遠くなった。

「よくあることですよ、睡眠《すいみん》不足や興奮が原因で具合が悪くなる。なに、大したことはありません。要するに慣れないところに来て慣れないことをするから、若い子だって疲《つか》れる……」

目を閉じているのに、まぶしかった。雪人《ゆきと》は、聞き慣れないひとの声をきいていた。

「よく眠《ねむ》っているから、このまま朝まで寝《ね》かせておいたら。……いや、うちはかまいません。朝、迎《むか》えに来てください」

消毒薬の匂《にお》い。声が再び遠のく。眠っているのは気持ちがいい。ここは、病院？　雪人は光がまぶしくて、寝返りをうった。

どこかを歩いていた。歩きにくい。歩き慣れた、いつもの道ではなかった。山道ではない。平地だったけれど、道は道でなく、足の下には、ありとあらゆるものの残骸《ざんがい》が積み重なって、雪人の行く手を阻《はば》んでいた。
残骸——壊《こわ》れたものの総称《そうしょう》。茶碗《ちゃわん》から手洗いの扉《とびら》まで、三角定規からたんすの引き出しまで、数学のノートから石灯籠《いしどうろう》まで、目覚まし時計から大黒柱まで……ありとあらゆるもの。

焦《こ》げて、壊《こわ》れて、つぶれて、裂《さ》けて、吹《ふ》き飛んで、折り重なって。

あたりに音はない。三六〇度、だれもいない。雪人《ゆきと》は足もとを見てぎょっとする。これ、ぼくのじゃない。履《は》いていたのは、資料館の展示室にあった、あの運動靴《うんどうぐつ》だった。ぼくの足、こんなに小さかったっけ？　こんなぼろ靴《ぐつ》で、こんなところを歩けるわけがない。

帰らなくちゃ。どこに？　もちろん、ぼくの家に。父さんと生意気《なまいき》な妹のいる、あの家に。雪人は、泣きたくなる。

色のない世界だった。これ以上、前には進めない。雪人は顔を上げた。そのとき目に飛び込《こ》んできたのは、色とりどりの……そこだけが発光してる！　あのハイカットが、色のない世界を歩いて行く。履いているのは、小柄《こがら》な男子、足だけがでかい。その子にも色がない。

待って、その靴《くつ》、ぼくのだ。雪人がどんなに叫《さけ》んでも、声は届かない。その子は振《ふ》り返らない。

「オニイチャン、オニイチャン」

雪人《ゆきと》の後ろから、突然《とつぜん》、女の子の声がした。それまで振《ふ》り返らなかったハイカットの男子が、ゆっくりとこちらを向いた。靴《くつ》の放つ光がいっそう強くなる。あたり一面、光の洪水《こうずい》……。


「目が覚めたね、大丈夫《だいじょうぶ》、よく寝《ね》たから血圧も安定してます。先生、どうぞ連れて帰ってください。きょうはもう、ふつうに行動しても大丈夫ですよ」

白衣の向こうに、黒田先生のもじゃもじゃ頭が見える。

「ほう、京都に移動ですか、それは楽しみだ」

白衣の先生は、ふぁあ、とあくびをしながらベッドわきのカーテンを引いた。

雪人はおそるおそる起き上がり、ベッドの下をのぞき込《こ》む。ある。ぼくのハイカット。あるじゃん。

「どこかで朝飯、食うか。腹、減っただろ」

ハイカットを履《は》いて立ち上がった雪人《ゆきと》の肩に手を置き、黒田先生が言った。無精《ぶしょう》ひげのはえた顔が笑い、雪人の目の前に、湯気の立つご飯が浮《う》かんだ。

腹が減っていた、ものすごく。自分でもびっくりするぐらい。山盛りご飯、アサリの味噌汁《みそしる》、だし巻き玉子、塩鮭《しおざけ》、キャベツの浅漬《あさづ》け。雪人は、ご飯と味噌汁をおかわりした。ありえない食欲だった。

「よく食うなあ、まるで別人だ」

黒田先生は「おれは、いろいろ事情があって、飯は一杯《いっぱい》だけ」と笑った。

「そういえば、きのう、資料館で中学生の靴《くつ》を見てただろ、かなり長い時間」

キャベツの浅漬けをつまみながら、お茶を飲んでいた黒田先生が、雪人を見ずに言った。

「靴に興味があるのかな。いま履いている、賑《にぎ》やかなやつとか」

キャベツの小皿は空になった。

「あ、はい。いえ、別に」

雪人《ゆきと》は耳の付け根がかっとなった。ほんとは、きいてもらいたい、だれかに話したいとも思っていた。黒田先生は、ぴったりのきき手だった。

あの展示室の靴《くつ》、公園で出会ったおばあさん、病院で見た夢。

雪人は黙《だま》っていた。いままでのぼくなら、もしかして。でもいまは、もう少し自分のなかに沈《しず》めておきたい、と雪人は思っていた。歩きにくかった、あの厚紙を敷《し》いた運動靴《ぐつ》の感触《かんしょく》が、足の裏から消えるまで。

「元気になって、よかったね。きょうから京都だよ、抹茶《まっちゃ》ソフトだよ」

元気いっぱいの女子たちが、笑いながら雪人を追い越《こ》していく。「きのう、部屋の窓から、道路に網戸《あみど》を落っことしたやつがいたんだって」。笑いの渦《うず》に巻き込《こ》まれ、雪人も思わず笑う。もう、だれも雪人の派手なハイカットを話題にする者はいなかった。

まあ、けっきょく、ぼくはぼく。靴《くつ》には関係ないのかも。ハイカットを履《は》いて、がれきのなかを歩いて行く、あの子の後ろ姿が一瞬《いっしゅん》、浮《う》かんで消えた。

雪人《ゆきと》は売店の隅《すみ》で、赤いプラスチックの折《お》り鶴《づる》キーホルダーを見つけた。

口うるさい妹へのおみやげ、ゲット！

いし

和貴《かずき》は考えていた。石や瓦《かわら》は爆発《ばくはつ》時の熱線でどう変化したのか。学校に置いてある資料館の図録やネット検索《けんさく》で調べると、「高熱で表面が変化した」と書かれている。写真もある。でも、実際どんなふうに？　さわってみなければわからない。

和貴の部屋は床《ゆか》いちめん、石ころで埋《う》まっている。もちろん、ごみ屋敷《やしき》ではない。だいいち、石は匂《にお》わない。きれいに洗ってあるので、清潔でもある。分類のためのラベルも貼《は》ってある。学名、採集場所、年月日などなど。博物館のようなそれも、和貴の手作りだった。

石ころ収集の張本人に言わせると、「石にもひとつひとつ違《ちが》った顔があるし、成長もする、何万年もかかって」。さらに「息もしている」と言うに及《およ》んでは、さすがの家族も絶句し、顔を見あわせる。

それでも、どんなときでも、たとえば経験不足の、知識と想像力に欠ける教師が、「いやあ、和貴くんには、まいりました。自分の興味のあることしかしない。それも偏《かたよ》っていますね、いやあ……」と言ったとしても、同居の祖父と両親は、「はあ」と笑ってかわしてくれる、和貴《かずき》の理解者であり、応援団《おうえんだん》だった。

まれに「いやあ、和貴くんは、天才かも」と言う教師もいたが、その場合は、家庭訪問のときに玄関《げんかん》で老舗《しにせ》の上栗饅頭《くりまんじゅう》が出た。ふつう家庭訪問のときに、お茶やお菓子《かし》を出すことは、しないことになってはいるが、和貴を「天才」と言う教師は「とくべつ」だった。実際、出される上栗饅頭はおいしい。食べ物にこだわりのない教師も、それには目がなかった。


「和《かず》がキャンプ用のバーナー、貸してくれって言うのよ」

包丁《ほうちょう》を握《にぎ》る手を止めて、和貴の母親は、首をかしげた。まな板の上には、人参《にんじん》の山。

「こんどは、何をする気かしら」

キッチンに水を飲みに来た父親が、冷蔵庫を開けながら振《ふ》り返った。きょうは土曜日、また、人参サラダ。この家では、なぜか土曜日は人参サラダと決まっている。

「おれもその話、きいた。石だか屋根瓦《やねがわら》だかを焼いてみたいそうだ。なんでも修学旅行の事前学習に関係あるとかないとか」

「石？　修学旅行？」

母親は眉《まゆ》をひそめ、絞《しぼ》り出すように言った。

「焼き芋《いも》か、って言ったら、にらまれた」

父親は、ははは、と笑った。面倒《めんどう》なことになる前に笑う、これは我が家の習慣、いや、おれの、かな。とってつけたような笑い声は、とうぜん母親の癇《かん》にさわった。

「それで、なんて答えたの」

人参《にんじん》を刻む包丁《ほうちょう》の音が甲高《かんだか》くなった。

「いやいや、ちょうどそのときにタイミングよく現れたおやじが、おれが監督《かんとく》するから出してやれって。それで一件落着」

父親は首をすくめる。母親は、人参のしっぽをすとんと切り落とした。

和貴《かずき》の将来の夢は、岩石の学者になって、「新鉱物を発見する」ことだった。和貴は小さいころから石に目がなく、気に入った石を見つけると、それがどんなに重くても、家に持ち帰ろうとして家族を困らせた。

五歳《さい》の誕生日にじいさまに買ってもらった『岩石図鑑《ずかん》』は、木でできた、おもちゃのトラックの荷台に乗せられ、和貴の行く先々にお供した。和貴はその一ページ一ページをなめるように眺《なが》め、それをおどろくほどのスピードでひとつ残らず覚えた。

「いしのしゅるいには、かざんがん、しんせいがん、たいせきがん、へんせいがんがあります。かざんがんには、りゅうもんがん、あんざんがん、げんぶがん、ようがんがあります」

石の話は、始まったら終わらなかった。だれかがうっかりその石の特徴《とくちょう》など尋《たず》ねようものなら、和貴はますます張り切って、説明はさらに延々《えんえん》と続いた。

とは言っても、まだ漢字は読めなかったので、ひとつひとつの石についての解説は、じいさまに読んでもらい、それをきいて中身を覚えた。そのうちに漢字も読めるようになって、家族全員、「この子は、もしかして天才かも」と思ってしまったが、和貴《かずき》はほかのものにはまったく興味を示さず、石への執着《しゅうちゃく》ばかりが目立つようになると、みんな少しばかり不安になった。

次に和貴は、ハンマーを使い、大きな岩を割って標本にすることに夢中になった。クリスマスプレゼントにもらったハンマーは、じいさまと一緒《いっしょ》にカタログを見て決めたものので、ピックハンマーの子ども用だった。

「このハンマーは、アメリカのイリノイ州で作られていて、五〇年以上、形が変わっていません。このビニールの持ち手は、すべりにくく持ちやすいので、世界中の研究者が使っています」

ハンマーを手にしたとき、和貴は覚えていたカタログの文章を家族の前でそのまま口にした。ピックハンマーに続いて、和貴はじいさまをそそのかし、タガネと八倍ルーペを手に入れた。

こうして和貴は、石のなかで大きくなった。

「バーナーで焼いてみたらわかるって、あいつ言い出したらきかないんです」

眉間《みけん》にしわを寄せながら、孝明《たかあき》が口を尖《とが》らせた。

「バーナーで焼くって、何を」

長谷川《はせがわ》先生は、理科が担当。顔の中心線に沿って髪《かみ》が半分に分けられ、広い額にオーラが宿る。「あなたはどう考えるの」という問いかけオーラ。先生はパソコンを閉《と》じると、孝明の方を振《ふ》り返った。

「石とか、瓦《かわら》です。おれたちが反対したら、あいつ、じゃ自分ちの庭でひとりでやるからいいって、さっさと帰っちゃいました」

孝明は修学旅行委員だ。見学する資料館の展示物について、調べている。

「つまり、」と長谷川先生は孝明の眉間のあたりに目をやって、「展示物のなかにある石とか瓦に、あのとき爆発《ばくはつ》の熱線で何が起こったか、再現したいってこと？　つまり実験したい」と言いながら、鼻の先に人差し指を当てた。

孝明《たかあき》は、まばたきを繰《く》り返しながら、ことばを探した。

「あ、はい、つまりそうです。でもそれって、理科室のバーナーを勝手に使っちゃ、まずい……かな、と」

長谷川先生は、立ち上がって孝明のことばを軽く受け流す。

そりゃ、まずいでしょう。

「ふうん、きみたち、なかなか面白《おもしろ》いこと考えるじゃない。やれば？　石より瓦《かわら》がいいかも。でも、理科室にある実験用のバーナーじゃだめね。もっと本格的なものを使わなくちゃ。そういうバーナーって、取り扱《あつか》いの免許《めんきょ》もいるのよ。アセチレンとか酸素のボンベもいるし。

だれか手伝ってくれるひとを見つけなさい。そうしたら、立ち会うわよ、わたしも」

玄関《げんかん》を出ていく和貴を見送りながら、母親は首を振《ふ》った。やれやれ、肩《かた》、凝《こ》っちゃった、ほんとにもう、毎度のことだけど。

きのう夕食のとき、和貴《かずき》が「バーナー実験は、鉄の彫刻《ちょうこく》をやっているひとの工房《こうぼう》でやります。キャンプ用や理科室のバーナーでは、だめです。理科の先生が立ち会ってくれます」とひとりごとのように言ったとき、家族は箸《はし》を止め、互《たが》いに顔を見あわせた。じいさまの箸の先から、グリンピースがころりと落ちた。

「菊間瓦《きくまがわら》にしてください。種類は、屋根の上にのせるアーチ型の棟瓦《むながわら》ではなく、斜面《しゃめん》に使う平瓦《ひらがわら》がいいです。菊間《きくま》の瓦《かわら》は、石英斑岩《せきえいはんがん》や花崗岩《かこうがん》の風化粘土《ねんど》が材料です。長石《ちょうせき》、角閃石《かくせんせき》、石英、モンモリロナイトなどが含《ふく》まれています」

和貴は、長谷川先生の斜《なな》め前に立ち、ほとんど表情《ひょうじょう》を変えずに言った。理由は、「爆弾《ばくだん》が落とされたとき、あの町の屋根瓦《やねがわら》は、菊間瓦が最も多かったので」ということらしい。長谷川先生は、和貴を待たせたまま、「菊間瓦」を検索《けんさく》する。

ふうん、愛媛《えひめ》県の菊間地区で焼いているのか。瀬戸内海《せとないかい》の花崗岩質《かこうがんしつ》の粘土を使った、黒い色の瓦。それも棟瓦じゃなくて、平瓦がいいか。なるほど、よく調べてるなあ、岩石博士は。先生は感心しながら、つぶやいた。

はい、用意しましょう。


だれもが黙《だま》っていた。シューシュー。鼓膜《こまく》に突《つ》き刺《さ》さるような、バーナーの鋭《するど》い音が消えた。炎《ほのお》も消え、彫刻家《ちょうこくか》の工房《こうぼう》は静かだった。和貴《かずき》たちは、目を守るためのゴーグルや間にあわせのサングラスを思い思いにはずしながら、いっせいに息を吐《は》いた。全員が瓦《かわら》を前に、見つからないことばを探していた。


放課後、彫刻家の工房に出かけ、実験に参加したのは、第二班の六人と長谷川先生。彫刻家を入れて総勢八人でも、工房は広く十分なゆとりがあった。

「これでいいかい」

彫刻家は、顔全体を覆《おお》う透明《とうめい》なシールドをはずすと、首に巻いた手ぬぐいで額に浮《う》かんだ汗《あせ》を拭《ふ》き、大きく息を吐《は》きながらみんなを見回した。

彫刻家《ちょうこくか》は、鉄を加工して巨大《きょだい》な作品を作っていて、溶接《ようせつ》の免許《めんきょ》も持っているし、ちゃんとした設備もある。天井《てんじょう》が高く、鉄の匂《にお》いがする工房《こうぼう》は、不思議な暖かさがあって、こんなときでなければ、居心地もよさそうだった。このひとの作品は、工房で作ったパーツを展示する屋外の会場まで運び、そこで組み立てて完成させるのだそうで、「クレーンも使うんだって」と、班のメンバーのひとり、彫刻家の姪《めい》が得意そうに言った。おじさんが鉄の彫刻家なんて、ラッキーだった。

長谷川先生がお願いの電話をすると、彫刻家は「そういうことなら、いつでも」と引き受けてくれた。

黒っぽい菊間瓦《きくまがわら》は、みんなの目の前で、うやうやしく鉄の台の上に置かれ、バーナーのL字に曲がった細い首先から発射される、白く鋭《するど》い炎《ほのお》で焼かれた。

炎の直撃《ちょくげき》を受けたところから、瓦《かわら》の表面は見る間に溶《と》けはじめ、まるで飴《あめ》が煮《に》えているように泡立《あわだ》ち、ぷつぷつとかすかな音を立て、やがて細《こま》かな泡粒《あわつぶ》がはじけた。

「おおお」「すげえ」「煮《に》えてる」

あっと言う間のできごとだった。彫刻家《ちょうこくか》は言った。

「いまのは、一八〇〇度、一〇秒でした」

瓦《かわら》が冷めると、和貴《かずき》が八倍ルーペを取り出し、みんな交代で表面を見た。

「茶色いガラスみたいになってる」

好奇心《こうきしん》まんまんの日菜子《ひなこ》が表面に指をのばす。

「つるつる、じゃなくて、気泡《きほう》だらけ。ガラスの泡《あわ》が割れた、はじけたって感じ」

交替《こうたい》でさわると、みんなふたたび無口になった。

「気泡があるということは、瓦のなかに含《ふく》まれていた空気が熱によって外に押《お》し出された、ということね。凄《すさ》まじい熱」

長谷川先生は厳しい顔で言った。

「これこれ、これが本物の瓦、七十五年前に爆弾《ばくだん》の熱線で焼けたやつ」「これ、さわっていいって、書いてある」

修学旅行の一日目、和貴《かずき》はじめ班のメンバーは、「高熱で表面が溶《と》け、変化した瓦《かわら》」を、資料館の東館三階で見つけた。本館には溶《と》けたガラス、陶磁器《とうじき》、花崗岩《かこうがん》の石段などのほかに、もちろん瓦もある。「熱線の影響《えいきょう》」としてたくさんの資料が展示されていたが、「さわってもいい」展示物は見つからなかった。和貴は、ぜったいどこかにある、といつもどおり言い張った。てこでも動かない、岩石博士は。

班の全員が、工房《こうぼう》での実験で焼いた瓦をさわっていたから、「本物はどうだろう」「さわってみたい」と、かなり本気で思っていた。事前学習ニュースレターにも、この班は「瓦」を取り上げ、日菜子《ひなこ》が記事を書いた。和貴に書かせると、とんでもなく専門的になるので、日菜子が実験の様子を彫刻家《ちょうこくか》のインタビューつきでうまく織り交ぜ、和貴から聞き出した話を要領よくまとめた。そういう意味でも、みんなにとって、瓦の「本物」を見ることは、この旅行でのメインの体験だった。

和貴は正しかった。「さわってもいい」瓦は、横長のテーブルの上に二枚。左が焼けていないふつうの瓦《かわら》、右側が熱線で焼かれた瓦。

ひとりずつ交互にさわってみる。「片方《かたほう》はすべすべ、もうひとつは、ざらざら」。簡単に言えば、そういうことだった。ざらざら、とひとことで言われた瓦も、部分的にすべすべは残っていた。ほかの瓦が重なって、熱線が直接あたらなかったところ。けれども、大部分は、ざらざらだった。

「毎日、毎日、すっごくたくさんのひとがさわるから、ガラス質《しつ》の粒粒《つぶつぶ》がつぶれてきたかも」「消毒してやりたい」という声に、みんなが小さく笑った。

さいごまで瓦に手をふれていたのは、和貴《かずき》だった。みんなが待ちくたびれて行ってしまっても、和貴はそこにいた。黙《だま》って瓦をなでる手の動きを、いつの間にかそばにやってきた長谷川先生が、じっと見ていた。

「先生、たいへんです。和貴が河原で泥《どろ》だらけになってます」

集合時刻にはまだ間があった。長谷川先生は、座っていた公園のベンチから、ばね人形のように立ち上がった。

「瓦《かわら》で泥《どろ》だらけ、ってどういうこと？　瓦が泥？」

「河原ですよ、瓦じゃなくて、そこの。河原で瓦を探すって、言い出したらきかないんです」

孝明《たかあき》が毎度のセリフを口にする。額にかかった髪《かみ》が、汗《あせ》で濡《ぬ》れている。

「あいつ、なんかの本に、四十年近く前、この町の高校生たちが、爆弾《ばくだん》で焼かれた瓦のかけらを、四年間に五〇〇〇枚、あの河原で拾ったと書いてあったと言ってました。それで、いまでも川底にはまだ瓦は残っているはずだから、それを拾うって言い張って。和貴《かずき》、きかないんです」

「いま、潮は引いてるの？」。長谷川先生は、駆《か》け足になる。

この町は、瀬戸内海《せとないかい》に川の流れが注ぎ込《こ》む、デルタの河口に拓《ひら》かれ、町を流れる川の水は海の潮《しお》の満《み》ち干《ひ》によって、その水位が大きく変わる。河原におりられることもあれば、川岸の石段が完全に没《ぼっ》していることもある。

「はい、引いてます。でも下はどろどろです」

先を走っていた孝明《たかあき》が、振《ふ》り返って言った。

川岸に近づくと、だれかがハンドマイクで叫《さけ》んでいるのがきこえた。

「そこのきみ、川に入ってはいけない。すぐに出なさい。あぶないから川から出なさい」

ええっと。長谷川先生の頭は、クルクル回転を始める。河川管理は、国土交通省河川なんとか事務所、だっけ。でも、河原におりるぐらいは、いいはずだけど。「まあ、知りませんでした」で、すむかしらん。

「ああ、すみません、うちの学校の子です。すぐに上がらせますから。すみません！

おりてはいけないなんて、ちっとも知らなかったので」

長谷川先生は、ハンドマイクのおじさんに駆《か》け寄って、「すみませーん」と「すぐ」を三回口にした。おじさんは、「困りますよ、先生。よろしくお願いしますよ。川はすぐに水位が上がってくる。危険です」と言うと、腕時計《うでどけい》に目をやり、「お、交替《こうたい》時刻だ。じゃ、ちゃんと監督《かんとく》してくださいよ」と言いながら行ってしまった。

河原を見おろす橋の欄干《らんかん》には、和貴《かずき》の班のメンバー五人が並び、身を乗り出して、泥《どろ》だらけの和貴を見ていた。

「あ、先生、あそこ！」「気がついたら、河原にだれかいて、よく見たら和貴！」「ハンドマイクのひと、警備員？　きっと交替《こうたい》が来るよ」「かずきー、おーい」

長谷川先生は、しばらく和貴の動きを橋の上で見ていたが、いきなり薄《うす》い空色のジャケットを脱《ぬ》ぐと「行くわよ」と言いながら、大股《おおまた》で歩き出し、橋を渡《わた》り切って川岸の石段をおちついた足取りでおりて行った。

「行くわよ、って、どういう……」

それまでこわばった顔で立っていた日菜子《ひなこ》が、次の瞬間《しゅんかん》、天から光が差したように、にっこり笑った。

「河原で瓦《かわら》、瓦の河原。行こ行こ」

五人は固まっていたからだに、ぐいっとギアを入れ、少し陽気になって、ばらばらと河原におりて行く。靴《くつ》を履《は》いたまま、声を立てて笑いながら。

町のなかを流れる川は、見た目の水はきれいでも、川底はヘドロで黒い。「なんだか、くさい」。くすくす笑っていると、夢中で河原を掘《ほ》っていた和貴《かずき》が顔を上げ、みんなの方に近づいた。泥《どろ》のついた手で顔をこすったらしく、その顔は、まるで子どもの落書きのようだった。

「みなさん、静かにしてください。ここは笑うシーンではありません。掘るものはありますか。なければ、少し余分があるので、貸します」

シーンという和貴のことばに、だれかが笑った。

「そうそう、笑ってる時間はないわ。ハンドマイクの交替《こうたい》が来ないうちに、さっさと探す!」と言ったのは、長谷川先生。その手には、フォークが握《にぎ》られていた。

河原をえさ場にしているゴイサギが、見慣れない光景におりるのをあきらめ、川面《かわも》を旋回《せんかい》すると川上に飛び去った。夕方の風が吹《ふ》いてくる。どこかで鐘《かね》が鳴った。

「いったい、何ごとです、この泥だらけの生徒たち。それに長谷川先生まで。泥の匂《にお》いがしますよ、みんな、シャワーを浴びて、着替《きが》えてきなさい」

二班のメンバーと先生は、校長先生から「行動の趣旨《しゅし》はわかりました。けれども、いくらなんでもそれはない。みなさん、反省してください」と言い渡《わた》された。

それでも、よかった、とみんなは思っていた。服も靴《くつ》も泥《どろ》だらけになったし、川岸にいる観光客から好奇《こうき》の目で見られたし、校長先生にはじきじきにお叱《しか》りを受けたし。でも、それでも、よかった、と。

けっきょく、次のハンドマイクが来ないうちに、大急ぎで二〇分探して、六人と長谷川先生は、一〇センチ角の瓦《かわら》のかけらを二枚、見つけた。泥だらけだったし、ぬめりもついていたから、近くの公衆トイレに走って行って、和貴《かずき》の持っていた発掘《はっくつ》キットのブラシでこすり、流水でよく洗ってみた。

それはたしかに、「あの瓦」だった。

七十五年前、この一帯は川をはさんで賑《にぎ》やかな町だった。信じられないけれど。公園は公園にしか見えなかった。けれども、町だったから家があり、家があるから屋根があって瓦《かわら》があった。屋根の瓦は、爆弾《ばくだん》の熱線に焼かれ、爆風《ばくふう》に吹《ふ》き上げられて川に落ち、川底に重なった。ひとの暮らしの、ありとあらゆるものが重なった。

「バーナーで焼いたとき、瓦は悲鳴を上げていました」

和貴《かずき》は、河原の瓦を前に、突然《とつぜん》言った。

「こういう瓦や石は、あの日、何を見て、何を記憶《きおく》したのでしょう」

和貴は続ける。そのとき、日菜子《ひなこ》がたまりかねたように、「あのね」と立ち上がった。

「あんた、石や瓦のことしか言わないの？　工房《こうぼう》で瓦は悲鳴を上げていた。わたしにもきこえた。でも、あの日、ひとは悲鳴を上げる間もなかった」

最後は、くちびるが少し震《ふる》えた。

みんな、和貴と日菜子をかわるがわる見つめ、目の前の瓦のかけらを見つめた。

「黙《だま》ってないでよ。和貴、あんたが言い出したことでしょ。あの熱で、ひとも焼かれたのよ。わかってる？　石や瓦だけじゃない」

和貴の手が、ゆっくりと瓦にのびる。指先がふれたと同時に、和貴は言った。

「わかっています」

ごめんなさい

「ごめんなさい」には、いろいろな意味がある。使い方によっても、使う場面によっても意味が変わる。だれが、だれに対して言うのか。それをどう受け取るか。言えなかった「ごめんなさい」もある。届《とど》かなかったそのことばは、どこに行くのだろう。

あかりは、久しぶりにそれを考える。毎日のように考えていた時期もあったけれど、だんだんその間隔《かんかく》が広くなり、いまはそれだけでも、ずいぶんらくになった。

あのとき、手を離してしまって、ごめんなさい。

あかりは、ぎりぎりまで迷っていた。

資料館、見なきゃいけないって思うけど。薄暗《うすぐら》い入り口に立つと、あかりのからだは硬《かた》くなり、足がすくんで、もう一歩も進めない。この先には、わたしが見たくないものが並んでいる、とあかりは思う。

東館と本館をつなぐ長い廊下《ろうか》には、窓がなかった。ひどく暗い廊下の先には、一枚の大きな写真。けがをした女の子が、うつろな目でこちらを見ていた。もう、ぜったい無理。あかりは震《ふる》えた。

修学旅行の事前学習で、がれきだらけの、焼け焦《こ》げた町の写真を見たとき、あかりは両方のこめかみに鈍《にぶ》い痛みを感じた。それが七十五年前だとわかっていても、たまらなく怖《こわ》かった。似ている、あのとき目の前に広がっていた風景と。

「無理して入ることはないぞ。集合時刻までに戻《もど》ってきたらいいから」

入り口で動けなくなったあかりに、声をかけたのは、社会科の平川先生だった。無理しなくていい。させたくはなかった。この子は、わかってる、見なくても。下がり気味の太い眉《まゆ》、濃《こ》いひげの顔が少し笑う。あかりは、ふっとからだの力が抜《ぬ》けるのを感じる。「すみません」。あかりは、スイッチが入ったように動き出す。ひとの流れとは逆の方向へ。

「えー、入らないの?」「せっかく事前学習したのに、感想も書けないじゃん」

あかりの耳に、小さなトゲが突《つ》き刺《さ》さる。

「あかりって、さっきの証言者の話も、ときどき耳をふさいで、きいてなかったよ」「変わってるよね、あの子」「ときどき、目が暗い」「わー、それ言い過ぎ」

笑い声が遠のく。なんとでも言って。わたしは、たしかに耳をふさいだ。助けてと言われたけれど、火が迫《せま》ってきたからそのまま逃《に》げたって、証言者のおじいさんが言ったから。そんな話、ききたくなかった。


わたし、方向音痴《おんち》。それに、地図を読むのが苦手だ。知らないところに行くときは、スマートフォンが頼《たよ》りだけど、修学旅行には携帯《けいたい》禁止。公園マップを見るしかない。

あかりは資料館を出ると、少し歩いてベンチを探した。いちばん手前のベンチには、小型犬を膝《ひざ》に乗せ、目を閉じたまま、犬の頭をなでているポロシャツ姿のおじいさんが座っていた。ほかに空《あ》いているところはないから、もうここでいい。あかりはこれ以上、動きたくなかった。水を飲もうとしたけれど、水筒《すいとう》はからだった。

西に傾《かたむ》きはじめた初夏の太陽は、それでもまだ資料館の上にある。暑かった。ひとくちでいいから、水が飲みたい。あかりは、資料館の売店に行こうと立ち上がった。

おかしい。なんだか、あたりが急に暗くなる。からだも揺《ゆ》れる。緊張《きんちょう》しすぎたんだ、きっと。あかりは、もういちどベンチに座る。隣《となり》のおじいさんは、犬を下におろすと、ううんとのびをして、犬に引きずられながら行ってしまった。

冷汗《ひやあせ》がどっと噴《ふ》き出す。まずいな。わたし、気絶するかも。もういい、なんでもいいから横になりたい。修学旅行で気絶！　それってなしよね……。


だれかが、わたしを呼んでいる。わたし？　お嬢《じょう》さんて、わたしのこと？

あかりが目を開くと、そこにはおばあさんの顔があった。季節はずれのフェルトの帽《ぼう》子《し》から灰色《はいいろ》のカールした髪《かみ》がのぞく。

「気がついた？　水、飲む？」

ベンチに横たわっていたあかりは、「水」に反応する。そうだった、水が飲みたい。

あかりは起き上がって、おばあさんの差し出した銀色の水筒《すいとう》に遠慮《えんりょ》なく口をつける。少しだけレモンの香り。冷えた水がのどに流れ、からだじゅうにしみわたる。あかりは、水筒《すいとう》を傾《かたむ》けたまま、おばあさんを見た。

「ぜんぶ飲んでもええよ。飲んだら元気になる」

おばあさんは笑った。

「レモン」、あかりは水筒を返しながら言った。

「少し搾《しぼ》って入れると、おいしい」

レモンを搾る手つき。骨と皺《しわ》の手。

「あの、気分、よくなりました。ありがとうございます」

あかりは時計を見た。「気絶」は、ほんのわずかの時間だということがわかって、ほっとする。まだ、ここでじっとしていよう。

あかりは、目を閉じる。わたしが住んでるところでは、だれかが具合が悪くて道のわきに座り込《こ》んでいても、みんな知らん顔で通り過ぎていく。「どうしたんですか」なんて、だれもきかない。そういうひとにとって、わたしはただの石ころ、もの言わない石ころ。

風が少し涼《すず》しくなった。頭の上でクスノキの太い枝が、さわさわ、ざざざと葉を鳴らす。

「あなた、修学旅行で来たの？　さっきも、千羽鶴《せんばづる》みたいな靴《くつ》の中学生と話しとったのよ。ここは、ええでしょう、みどりがいっぱいあって。あんなことがあったのに、なんにもなかったみたいにきれいになって、ねえ」

しばらく黙《だま》っていたおばあさんが、ゆっくり話しはじめる。「ねえ」というところで、あかりの顔をのぞき込《こ》んだ。

「ああ、顔色がようなった。女の子には、たまにあることよ。わたしも、女学生のころ、ときどき血の気が引いてね。友だちもそうじゃった」

そっか、このおばあさんも、むかしは女学生だったんだ。当たり前のことだけど。あかりは、ちょっとおかしくなって、おばあさんの横顔を見る。暑苦しいフェルトの帽子《ぼうし》には、大きな花の飾《かざ》りがついていて、それが妙《みょう》に似あっている。

「あ、これ、自分で作った。この帽子だけじゃ、そっけない。だから、同じ黒のフェルトを買ってきて、ちくちく縫《ぬ》った。みんな、ほめるんよ、器用じゃね、って」

あかりの視線を感じると、おばあさんは、ふふふ、と笑って花飾《かざ》りに手をやった。

このおばあさん、いくつだろ。「おばあさん」じゃなくて、もしかすると、「ひいおばあさん」ぐらいの歳《とし》かもしれない、とあかりは思った。

「あのう、失礼ですけど、あの、おいくつですか」

あかりは、大胆《だいたん》になる。

「わたし？　わたしは、八十八。七十五年前は、あなたと同じぐらいの歳じゃった。花も恥《は》じらう女学生」

花も恥じらう？　あかりは、ぽかんとする。

「ふふふ、わからんよね、いまのひとには」

もと女学生の八十八さんは、きれいに並んだ歯を見せて笑う。おばあさん、じゃなくて、ひいおばあさんの八十八さん。とりあえずの名前だ。

「それじゃ、わたしは友だちに会いに行くから、ここでさよならね」

八十八さんは立ち上がった。上から下まで、ぜんぶ黒。お葬式《そうしき》の服とは違《ちが》うけど、なんだかわけがありそうだ。

「あの、お友だちって、みんな八十八歳《さい》ですか」

あかりの問いに、八十八さんは一瞬《いっしゅん》黙《だま》って、首をかしげる。

「ううん、そうじゃねえ、生きとったら」

あかりは、あっと思う。八十八さんの友だち、もう生きていない？

「あの、お墓参りですか」

あかりは、自分のしつこさにあきれる。いつもは、ひとのことはきかない。ひとからきかれたくないから。きょうは、なぜか、ききたかった。

「お墓参り、みたいなものかねえ。あなた、時間がまだあるなら、一緒《いっしょ》に来る？」

八十八さんは、花柄《がら》の杖《つえ》を左手に持ちかえると、あかりに右手を差し出した。

「手、つないでね。大通りを渡《わた》らんといけんから」

あかりは素直に手をのばす。ひとと手をつなぐなんて、何年ぶりだろう。ふたりは、西日《にしび》に向かって歩き出した。

「ええねえ、手つないで歩くの。うれしいねえ、こんなに若いあなたと、手つなげて。むかしはね、友だちと、こうして毎日うたいながら川岸を歩いたんよ。いろんなうた、うたって。戦争中じゃったけど、楽しいことは、いろいろあったんよ。写真館で仲良しが集まって、写真とってもろうたり。こうしていると、あのころみたいじゃね」

八十八さんの顔が金色に染まる。

わたしも、あのころはよく手をつないだ、とあかりは思い出す。わたしたちを見て、母さんは「ふたりは、くっつき虫ね」と笑ったっけ。

「手、離さんでね」

八十八さんが、あかりの手をぎゅっと握《にぎ》る。

「大丈夫《だいじょうぶ》、離しません」

こんどこそ。ああ、わたし。このひとには、関係ないのに。ごめんなさい。

あかりの心をのぞいたかのように、八十八さんが立ち止まり、握った手を振《ふ》ってみせる。

「大丈夫《だいじょうぶ》、だいじょうぶ」

二人が立ち止まったのは、高床式《たかゆかしき》の資料館の下、いまは使われていない階段のそばだった。八十八さんは、ことばを継《つ》いだ。

「ここねえ、むかしむかし、お風呂屋《ふろや》さん。この前、資料館の耐震《たいしん》工事でここを掘《ほ》ったら出てきたんよ、お風呂屋さんの跡《あと》。うそみたいじゃねえ。その隣《となり》が牛乳屋さん。溶《と》けた牛乳瓶《びん》が出てきた。……いま、観光バスがとまっとるところから、ずうっとこのあたり、大きなお寺さん。山門がそりゃ立派で。この地方で一番じゃった。大きな池もあったんよ。亀《かめ》がいっぱい、からだを右左に振《ふ》りながら、すーいすーい。ちょうど、あの噴《ふん》水《すい》のところが、むかし池のあったところ」

八十八さんの頬《ほお》が少し赤みを帯びてくる。

あかりは、首をかしげる。この下に、お風呂屋さん？　噴水のところに亀のいる池？

七十五年前、公園は公園じゃなくて、ふつうの町だったこと、事前学習で調べたけど。でもね、信じられないの、ここに町があったなんて。それが、突然《とつぜん》なくなった、それも地震《じしん》や津波《つなみ》が原因じゃなくて。

あかりの前に、泡立《あわだ》つ黒い水面が広がる。握《にぎ》っていた手は、気がつくとほどけていた。

「お寺さんには、幼稚園《ようちえん》があってね。わたしも小さいころ、お揃《そろ》いの白いエプロンつけて、近所の子たちと通ったんよ。園のお遊戯《ゆうぎ》会は、年に二回。町のひとがみんな見にきて、そりゃ大賑《おおにぎ》わい。練習したよ、うたもおどりも。先生がピアノ弾《ひ》いて、みんなでタンバリン鳴らして」

八十八さんは、楽しそうだ。あかりは黙《だま》っている。わたしにも、目の前にお寺の山門や大きな木や亀《かめ》の池が見えないかな。白いエプロンをつけた小さな八十八さんが遊んでいないか。あかりは、目を凝《こ》らす。八十八さんの目は、見えないものを見ている目だ。見えないものは信じない、と思ってきたけれど、ほんとうにそうなのか、とあかりは思う。

「お墓って……」

資料館の前の道路をわたって、少し東に行った川のほとり。八十八さんの言う「お墓」は、お墓じゃなくて、旧制女学校の慰霊碑《いれいひ》だった。

「まあ、お墓みたいなもんじゃね。お骨《こつ》も見つからず、いまだに行方《ゆくえ》不明の友だちもおってじゃから」

行方不明、七十五年も。あかりは、ぎゅっと目を閉じる。

行方不明、九年も。

「同じクラスで、助かったのはわたしだけ。あの日、クラスのみんなは、このへんで建物疎開《そかい》*のあとかたづけをしとったの。あのころは、教室で勉強もできずに、毎日そんなことばっかりさせられて。ここは、爆心地《ばくしんち》からすぐでしょう。ひとたまりもないよね。生徒と先生あわせて六七六人」

八十八さんは、爆心地の方角に目を向ける。

「わたしは、九州の兄さんのところに前の日から行っとった。それで、助かった」

八十八さんは、杖《つえ》を地面に横たえ、よっこらしょ、としゃがみ込《こ》む。小さな丸い背中が揺《ゆ》れる。慰霊碑《いれいひ》の前に顔を出した雑草を一本一本、ぬきはじめ、「すぐにのびるね、草は」と小さく笑う。

あかりもしゃがんで横に並ぶ。川岸を埋《う》めるクローバーの匂《にお》いが風に乗り、あかりを包む。あかりは思い出す。一緒《いっしょ》に編んだ、クローバーの首飾《くびかざ》り、白い花の匂い。

「……わたしねえ、そのころ母親をなくしたから、九州の兄さんの家に行くことになって。ちょうどあの日は、福岡の女学校の転入試験。なんにも知らずに、わたしだけ、のんきに、ね」

八十八さんは、ああ腰《こし》が痛い、と立ち上がる。

「半月ぐらいして帰ってみたら、町は一面の焼け野原。湾《わん》の向こうの、遠くにあるはずの島が、すぐそこに見えて、びっくりしたんよ。友だちは、みんな亡《な》くなった。右の席の友だちも、左も前も後ろのひとも、先生も、みんな」

クローバーの匂いが強くなる。わたし、さっき会ったばかりのこのひとの、こんな話を、なんできいているんだろう。あかりは、息苦しい。

「それでねえ、いちばん仲良しだった芙美子《ふみこ》ちゃんのおうちを訪ねて行った。いつも手つないで川岸を歩いたあの子。郊外《こうがい》だったから、おうちは焼けていなくてね。行った日は、赤とんぼが飛んで、空が高かった。芙美子ちゃん、仏壇《ぶつだん》のなかで笑って、わたしを見とった。入学の記念写真、セーラー服で。まつ毛の長い、きれいな子じゃった」

八十八さんの目から、すうっと、透明《とうめい》なしずく。

「よかったねえ、あなたは生きとって。芙美子ちゃんのお母さんは、そう言ってくれたけど、帰り際に言われたんよ。思い出すから、もう来ないでね、ごめんね、あなたが悪いんじゃないのに、ごめんねって」

涙《なみだ》がもうひとしずく。

「わたし、ごめんなさい、ほんとにごめんなさいってあやまって帰ったんよ」

八十八さんがうつむいた拍子《ひょうし》に、もうひとしずく。涙の粒《つぶ》が、乾《かわ》いた土に吸い込《こ》まれていく。

「おかしいねえ、七十五年もたったのに、まだ涙が出るんよ」

八十八さんは、ポケットからハンカチを取り出すと、鼻をかむ。

「ひと月に一回、ここに来て、みんなのこと考えるんよ。それがわたしの、この世でのつとめじゃねえ、きっと。あの世に行ったら、みんな若いまんまで、わたしだけおばあさん。みんなにわたしがわかるかねえ」

だから黒い服。あかりは生き残った八十八さんの七十五年を思う。黒い服を着続けた七十五年。

「ありゃあ、あなたまで泣かせてしもうた」

おばあさんは、ハンカチであかりの顔をぬぐう。

え、わたし、泣いてる？　そう思ったとたんに、あかりのなかの何かが破れ、黒い水がどっとあふれた。あかりは声を上げた。

ああああああ、ああああああ、ああああああ、ごめんなさい、手を離して、ごめんなさい。大好きだった優香《ゆうか》ちゃんは、白い手だけを見せて、黒い水にのまれ、流れていった。三月なのに雪が降っていた。

だから、手を離しちゃいけないの。八十八さんの手も。

わたしたちは、まだ五歳《さい》、あのとき何ができたというの、とあかりは思う。大地震《おおじしん》と大津波《おおつなみ》と発電所の大事故。どうすることもできなかった。あかりは、あの日のことをだれにも、両親やきょうだいにさえ言えないまま、避難《ひなん》した都会で大きくなった。

「ええんよ、生きとると、悲しいこともいっぱいあるもんね」

しゃがみ込《こ》んで、おおおおお、と泣くあかりの背中を、八十八さんは何も言わず、何もきかずになで続ける。

どこかで低く鐘《かね》が鳴った。公園のなかの鐘をだれかがついていた。ゆっくりと、やわらかな音が広がる。

「もう、行った方がええんじゃない？　みんな、心配しとるかもしれんよ。そうそう……」

八十八さんは、にっこり笑って「飴玉《あめだま》、食べよ。梅干しの味、おいしいんよ」と取り出した飴をあかりに手渡《てわた》す。

「ありがとうございました。わたし、もう大丈夫《だいじょうぶ》、行きます」

あかりは八十八さんの手を握《にぎ》る。

「こっちこそ。手をつないで一緒《いっしょ》に歩いてくれて、むかしに戻《もど》ったようじゃった。あなたは、芙美子《ふみこ》ちゃんに似とるよ。ありがとね。わたしは春子、あなたは？」

あかりです、と答え、あかりは握《にぎ》っていた手をそっとはずした。

「あかりちゃん、さよならね」

もう会うことはないと思いながら、あかりは春子さんの小さなからだをじっと見る。忘れない。目に焼きつける。口のなかの梅干し飴《あめ》はひどくすっぱい。すっぱくて、あかりはまた泣きそうになる。会えなくても、いつだって春子さんを思い出すことはできる。思い出せば、春子さんにまた会える。見えなくても、あのフェルト帽《ぼう》の花飾《かざ》りは、見えるにちがいない。

あかりは、春子さんに向かって頭をさげる。何か言うと、また涙《なみだ》がこぼれそうだった。春子さんは、あかりに背を向けて、ゆっくり歩き出す。

「おーい、探したぞー、ここだ、ここだ。みんな待ってる」

あ、あの声、平川先生だ。あかりは、目をこする。行かなくちゃ。小さくなった梅干し飴《あめ》をこくんと飲み込《こ》む。

大通りを渡《わた》ったところで、あかりは振《ふ》り返る。だれかが川岸でうたっていた。春子さんと芙美子《ふみこ》さん？　わたしと優香《ゆうか》ちゃん？

春子さんの姿は、もう見えなかった。

＊太平洋戦争末期、激《はげ》しくなった都市への空襲《くうしゅう》に備《そな》えて、あらかじめ建物を取り壊《こわ》し、火災《かさい》の延《えん》焼《しょう》を防《ふせ》ぐための防火帯《ぼうかたい》を作ること。

私のひろしま修学旅行

赤田《あかだ》圭亮《けいすけ》

『ワタシゴト』、みなさんはこの物語を読みながらどんなことを考えていましたか。

私は長い間、横浜市《よこはまし》の中学校で教員をしていました。そのせいでしょうか、ページをめくりながら、登場してくる中学生に次々に声をかけたくなりました。あのころ、みなこんなふうだったなあ、悩《なや》んだり困ったりやけになったり、でもよく考えてもいたなあと、かつての生徒たちのことを思い浮《う》かべていました。そして、今も昔も中学生のこの時期は、心の中に激しい嵐《あらし》が吹《ふ》き荒《あ》れているのだなあと、あらためて思いました。

私が作者の中澤晶子《なかざわしょうこ》さんのお名前に初めてふれたのは一九九四年のことです。みなさんのお母さんやお父さんが中学生くらいだったころでしょうか。中学一年の国語の教科書に中澤さんの作品「命ということ」(『あしたは晴れた空の下で』第二章「いのち、ということ」より抜《ばっ》粋《すい》)が載《の》っていたのです。この作品が橋渡《はしわた》し役となって、広島に住む中澤さんと私の勤める中学の生徒たちとの交流が始まりました。二年後、中学生たちは広島に修学旅行に出かけ、宿舎《しゅくしゃ》で中澤《なかざわ》さんのお話を直接お聞きしたのでした。

それからもう二十年以上の月日が経ちますが、中澤さんと横浜《よこはま》のいくつかの学校の中学生との交流は、いまも続いています。

毎年、広島を訪れる中学生に中澤さんはお話をしてくださいます。中学生も中澤さんにお礼の手紙を書いたり、学校の様子をお知らせしたりします。もしかしたらこの物語は、そんな交流のなかでまかれた種が育ったものなのかもしれません。

毎年、春と秋、全国から広島に多くの修学旅行生が訪れます。みなさんもよく知っている原《げん》爆《ばく》ドームや原爆資料館（広島平和記念資料館）を見学するだけでなく、多くの修学旅行生が、実際に原爆の被害《ひがい》を体験した語《かた》り部《べ》（被爆《ひばく》体験証言者）の方のお話を聴《き》きます。修学旅行シーズンには、平和公園のあちこちで語り部さんを囲んでお話を聴く子どもたちの姿が見られたものですが、最近はそんな姿がとても少なくなってきています。なぜだかわかりますか。そうですね、あの戦争が終わって今年で七十五年、語り部さんたちは高齢《こうれい》となり、亡《な》くなっていく方が増《ふ》えてきたからです。

今、広島では戦争や原爆の体験をどう継承《けいしょう》していくか、さまざまな取り組みがなされていいます。中澤《なかざわ》さんが横浜《よこはま》の中学生に語り続けてくださっているのも、そんな取り組みのひとつといえます。

広島で起きたことを語《かた》り継《つ》いでいくことの大切さを考えるとき、私には忘れられない思い出があります。

一九九三年、私が初めて広島修学旅行を引率したときのことです。私の学年にH君というとってもからだの大きい生徒がいました。彼《かれ》は勉強が好きでなく、授業中、机の前にずっと座っていられない生徒でした。そのうえ粗暴《そぼう》な面もあり、何度も問題を起こし、ご両親もずいぶん心を痛めていたものでした。そんな彼を中心に学年のなかに〝ツッパリ〟グループが作られ、私たち教員は毎日のようにいたちごっこのようなこぜりあいやぶつかりあい、時には対決を繰《く》り返していました。

中三の春、生徒たちは一年間の事前学習を含《ふく》め、この学校では初めての広島に向かう準備を整えていました。先生たちもH君のグループがたとえ予期せぬ行動を起こしても大丈夫《だいじょうぶ》なように、万全な対策も練っていました。今も昔も修学旅行で一番大事なことは、無事に全員が帰ってくることだからです。

さて、五月の平和公園です。さわやかな風が吹《ふ》きぬけるなか、男女あわせて一〇人ほどのグループが語《かた》り部《べ》さんを囲むなかに、H君も仲間とともに座っていました。語り部さんは松田雪《まつだゆき》美《み》さんといって、敏彦《としひこ》さんという十五歳《さい》になる息子さんを原爆《げんばく》で亡《な》くした方でした。このとき松田さんは八十三歳、小柄《こがら》で上品なおばあさんでした。

語り部さんのお話はたいてい一時間以上はかかります。H君が座り続け、最後までお話を聴《き》くとはだれも思いませんでした。彼《かれ》が仲間と別行動をとったときには、私がついていくことになっていました。

ところが、松田さんが涙《なみだ》を流しながらお話をしている間、H君はじっと耳を傾《かたむ》けているように見えたのです。そればかりか、班長さんがみなを代表してお礼のことばをお伝えしているとき、H君は
「おい、花、買ってこいよ」

と、隣《となり》に座っていた仲間の一人にお金を渡《わた》しながら言ったのです。それは彼にしてはとっても小さな声でした。私は意味がわからず、つい「ねえ、どうするの、花なんか……」と言ってし

まいました。H君は、教師のくせにそんなこともわからないのかといった表情を見せ、即座《そくざ》に「ばばあにやるんだよ！」

今度はいつもの彼《かれ》のイラついたような口調でしたが、表情はそれまであまり見たことのなかった照れたような穏《おだ》やかなものでした。顔には少し汗《あせ》をかいていて小鼻がぴくぴくしていました。

一九四五年当時、松田さんは三十四歳《さい》。広島市立第一工業学校三年生だった息子の敏彦《としひこ》さんは、動員先の製油工場に向かう途中《とちゅう》の電停（路面電車の停留所）で被爆《ひばく》。松田さんは街じゅう敏彦さんを探して歩きまわったのですが見つからず、自宅の焼け跡《あと》で見つけたビー玉を形見と思ってあきらめていました。ところが二日後の八日に敏彦さんは担架《たんか》に乗せられて帰宅するのです。大やけどを負いながら「橋が焼けたけぇ、川を三つも泳いで渡《わた》った」と話すほどはじめは元気でした。しかし日に日に容態は悪化し、八月二十一日に帰らぬ人となったのです。

松田さんが、近所の人からいただいた、当時は珍《めずら》しかったバナナを敏彦さんにあげると、敏彦さんはふとんのなかで、これはどうやって食べるのかとききき、口に入れてあげると「おいしいね」といって食べたこと、そして金平糖《こんぺいとう》を喜んで食べてくれたことなどを涙《なみだ》ながらに話して

ください ました。お話の終わりに小さな手提《てさ》げ袋《ぶくろ》から金平糖《こんぺいとう》を取り出してみなに配り「あなたたちを見ていると、子どもが帰ってきたみたいで」と話すのでした。

H君は、敏彦《としひこ》さんを失った松田さんの悲しみの涙《なみだ》に心がゆすぶられ、その悲しみを自分のものとして受けとめたようでした。H君にも同居するおばあさんがいました。かわいがってくれたおばあさんのことを思い出したのかもしれません。

「ひろしま」には絶望や悲しみだけでなく、人を惹《ひ》きつける力のようなものがあると、私《わたし》はこのとき思いました。学校の日常生活ではけっして掬《すく》いあげることのできないものが、「ひろしま」にはあるのだなあと思ったのです。

これが、「語《かた》り継《つ》ぐ」ということを考えたときに思い浮《う》かぶ忘れがたいエピソードのひとつです。

その後、H君は高校には進学せずに就職、職人となりました。今年四十一歳《さい》になります。いまでは水道工事の立派な「一人親方《おやかた》」です。それからH君はなんと同じクラスにいた穏《おだ》やかで明るい女の子と結婚《けっこん》したのです。彼《かれ》らの間には女の子がふたり産まれたそうです。今年、下の子は小学四年生、上の娘《むすめ》さんは二十歳《はたち》になるとか。

私は、上の娘さんが中学の修学旅行に出かけるとき「お父さんやお母さんの修学旅行ってどうだったの?」と聞いたかもしれないなと想像します。すると、H君の少し困ったような表情が浮《う》かびます。みなさんは、H君がどんなふうに話したと思いますか。

あの新緑のひろしまを思い浮かべるとき、私はH君のなかには娘さんたちに伝える確かなものが、きっとあっただろうなと思うのです。それがどんなものかを想像すると心がどきどきします。

みなさんもH君の「ワタシゴト」がいったいどんなものなのか、ぜひ想像してみてください。そしてみなさんもいつか『ワタシゴト』の登場人物のひとりとなって、自分の「ワタシゴト」をみつけていってほしいなと思います。

(元中学校教員)

おわりに

自分の書いた本がきっかけとなって、多くの出会いが生まれる。作家とは、幸せな職業です。修学旅行で広島を訪れる横浜《よこはま》の中学生とのお付きあいが始まって、二十四年が過ぎました。とは言っても、お互《たが》いに顔をあわせるのは、ほとんどの場合、一回限り。古めかしいことばで言えば、まさに一期一会《いちごいちえ》の出会いです。本書は、そうしたいくつもの出会いから生まれました。

主人公は、子どもでもなく、大人でもない、それゆえ不安もいっぱい、けれども何か起こりそうな期待も抱《かか》える中学三年生。それは、みなさんであり、かつてのわたしです。いつの時代も、その年代特有の複雑な心のありようは、本質的にはそれほど変わるものではないでしょう。けれども、どんなところで、どんな出会いをするかによって、その後の人生にちょっとした変化が起こるかもしれない、そんな気がしています。

「ひろしま」との出会いから生まれた五つの物語、そこから「むかし」「いま」「これから」という、ひとりひとりが作る歴史の流れを感じ取ってもらえればいいな、と思っています。そして、さいごにもうひとつ、物語のなかに自分と似た主人公を見つけたら、小さな声でエールを！

「がんばれ、わたし」と。

原稿《げんこう》をお寄せくださった横浜《よこはま》の元中学教員・赤田圭亮《あかだけいすけ》さんに、心よりお礼を申し上げます。赤田さんは二十数年にわたり、横浜の公立中学校で、広島への修学旅行をけん引してこられました。そのときに広島を訪れた生徒が、教員となって生徒を引率し、広島を再訪する時代になりました。赤田さんの存在なくして、わたしの修学旅行生との出会いは、ありえませんでした。

いつも物語の奥行《おくゆ》きを深めてくださる画家のささめやゆきさん、ありがとうございました。編集の永安顕子《ながやすあきこ》さんとともに、数年前、平和公園の慰霊碑《いれいひ》を巡《めぐ》ったときのことを、なつかしく、ありがたく思っています。

いつもなら大勢の修学旅行生で埋《う》め尽《つ》くされる平和公園も、ことしは残念なことに、初夏の日差しのなかで静まり返っています。一日も早くＣＯＶＩＤ《コビット》－19（新型コロナウイルス感染《かんせん》症《しょう》）流行が終息し、いつもの平和公園が息を吹《ふ》き返しますように。みなさんと、広島でお目にかかれる日を楽しみにしています。

二〇二〇年初夏　中澤晶子《なかざわしょうこ》

付記

この物語は、広島にある原爆《げんばく》資料館（正式名称《めいしょう》：広島平和記念資料館）や平和公園（同：平和記念公園）が舞台《ぶたい》となっていますが、登場する人物や展示資料は、作者の創作によるものです。一部の資料については、実在しますが、物語の記述は、そこからイメージを膨《ふく》らませています。

資料館は、被爆《ひばく》から四年後の一九四九年に、地質学者・長岡省吾《ながおかしょうご》氏らの収集資料を展示公開するために広島市中央公民館に開設された「原爆参考資料陳列室《ちんれつしつ》」が、その基礎《きそ》となっています。その後、一九五五年、平和公園に「広島平和記念資料館」（設計：丹下健三《たんげけんぞう》）が開館しました。同館は現在、本館と東館で構成され、本館では二〇一九年までに三回のリニューアルが行われています。所蔵する被爆資料は、市民から寄贈《きぞう》された貴重な遺品など、およそ二万点にのぼります。

資料館には、修学旅行生をはじめ、国内外から数多くの見学者が訪れ（二〇一九年までの入館者はおよそ七四〇〇万人）、長崎の原爆資料館とともに、被爆の実相《じっそう》と記憶《きおく》を後世に伝える、大きな役割を果たしています。

なお、物語の題名『ワタシゴト』は、「記憶《きおく》を手渡《てわた》すこと＝渡《わた》し事」と「他人のことではない、私のこと＝私事《わたしごと》」を意味する、作者の造語《ぞうご》です。

参考文献（順不同）

『ひろしま』石内都（集英社　二〇〇八年）
『図録：石の記憶――ヒロシマ・ナガサキ』多賀井篤平編（東京大学総合研究博物館　二〇〇四年）
『流燈　広島市女原爆追憶の記』真田安夫編（広島市女原爆遺族会　一九五七年）
『図録：ヒロシマを世界に』五刷　広島平和記念資料館編（広島平和記念資料館　二〇一九年）
『原爆瓦――世界史をつくる十代たち』山口勇子（平和文化　一九八二年）
『爆心　中島の生と死』朝日新聞広島支局（朝日新聞社　一九八六年）
『図録：廣島から広島　ドームが見つめ続けた街展』同展実行委員ほか編（同　二〇一〇年）
新聞連載記事「学徒の記憶――原爆資料館企画展から」（中国新聞　二〇〇四年七月二十九日～）ほか

作――**中澤晶子**

名古屋市生まれ。広島市在住。１９９１年、『ジグソーステーション』（絵：ささめやゆき、汐文社）で野間児童文芸新人賞受賞。『あしたは晴れた空の下で　ぼくたちのチェルノブイリ』『３＋６の夏』『さくらのカルテ』（汐文社）、『こぶたものがたり』（岩崎書店）、『その声は、長い旅をした』（国土社）をはじめ、多くの作品を発表している。画文集に『幻燈サーカス』（絵：ささめやゆき、ＢＬ出版）などがある。日本児童文学者協会会員。

絵――**ささめやゆき**

東京生まれ。鎌倉市在住。１９８５年、ベルギー・ドメルホフ国際版画コンクールにて銀賞、１９９５年に『ガドルフの百合』で小学館絵画賞、１９９９年に『真幸くあらば』で講談社出版文化賞さしえ賞受賞。『かわいいおとうさん』（こぐま社）、『椅子――しあわせの分量』（ＢＬ出版）、『ねこのチャッピー』（小峰書店）、『あるひあるとき』（のら書店）など、多くの絵本・画集・挿絵をてがける。

デザイン　山田　武

ワタシゴト　14歳のひろしま

２０２０年７月　初版第１刷発行
２０２３年９月　初版第４刷発行

作　中澤晶子
絵　ささめやゆき
発行者　三谷　光
発行所　株式会社 汐文社
〒１０２－００７１
東京都千代田区富士見１－６－１
TEL ０３－６８６２－５２００
FAX ０３－６８６２－５２０２
https://www.choubunsha.com
印刷　新星社西川印刷株式会社
製本　東京美術紙工協業組合

ISBN978-4-8113-2727-3　NDC913
乱丁・落丁本はお取り替えいたします。
ご意見・ご感想は read@choubunsha.com までお寄せ下さい。